GARGANTA ABERTA

Garganta aberta

Tordesilhas é um selo da Alaúde Editora Ltda, empresa do Grupo Editorial Alta Books (Starlin Alta Editora e Consultoria LTDA)

ISBN: 978-65-5568-217-5

Translated from the English original Open Throat. Copyright © 2023 by Henry Hoke. ISBN 978-037-4609-87-0. This edition is published by arrangement with Sterling Lord Literistic, Inc. and Agencia Riff. PORTUGUESE language edition published by Alaúde, Copyright © 2024 by STARLIN ALTA EDITORA E CONSULTORIA LTDA.

Impresso no Brasil – 1ª Edição, 2024 – Edição revisada conforme o Acordo Ortográfico da Língua Portuguesa de 2009.

Dados Internacionais de Catalogação na Publicação (CIP)
(Câmara Brasileira do Livro, SP, Brasil)

Hoke, Henry
Garganta aberta / Henry Hoke. -- 1. ed. --Rio de Janeiro : Tordesilhas, 2024.

ISBN 978-65-5568-217-5

1. Ficção norte-americana I. Título.

24-196487 CDD-813

Índices para catálogo sistemático:

1. Ficção : Literatura norte-americana 813

Aline Graziele Benitez - Bibliotecária - CRB-1/3129

Produção Editorial: Grupo Editorial Alta Books
Diretor Editorial: Anderson Vieira
Editor da obra: Rodrigo de Faria e Silva
Vendas Governamentais: Cristiane Mutüs
Gerência Comercial: Claudio Lima
Gerência Marketing: Andréa Guatiello

Produtora Editorial: Caroline David
Tradução: Rafael de Oliveira
Copidesque: Luíza Thomaz
Revisão: Maria Carolina Rodrigues
Projeto gráfico: Marcelli Ferreira e Joyce Matos
Diagramação: Joyce Matos

ALTA BOOKS
GRUPO EDITORIAL

Rua Viúva Cláudio, 291 — Bairro Industrial do Jacaré
CEP: 20.970-031 — Rio de Janeiro (RJ)
Tels.: (21) 3278-8069 / 3278-8419
www.altabooks.com.br — altabooks@altabooks.com.br
Ouvidoria: ouvidoria@altabooks.com.br

Editora **afiliada à:**

ASSOCIADO

GARGANTA ABERTA

HENRY HOKE

Tradução por Rafael de Oliveira

TORDSILHAS
Rio de Janeiro, 2024

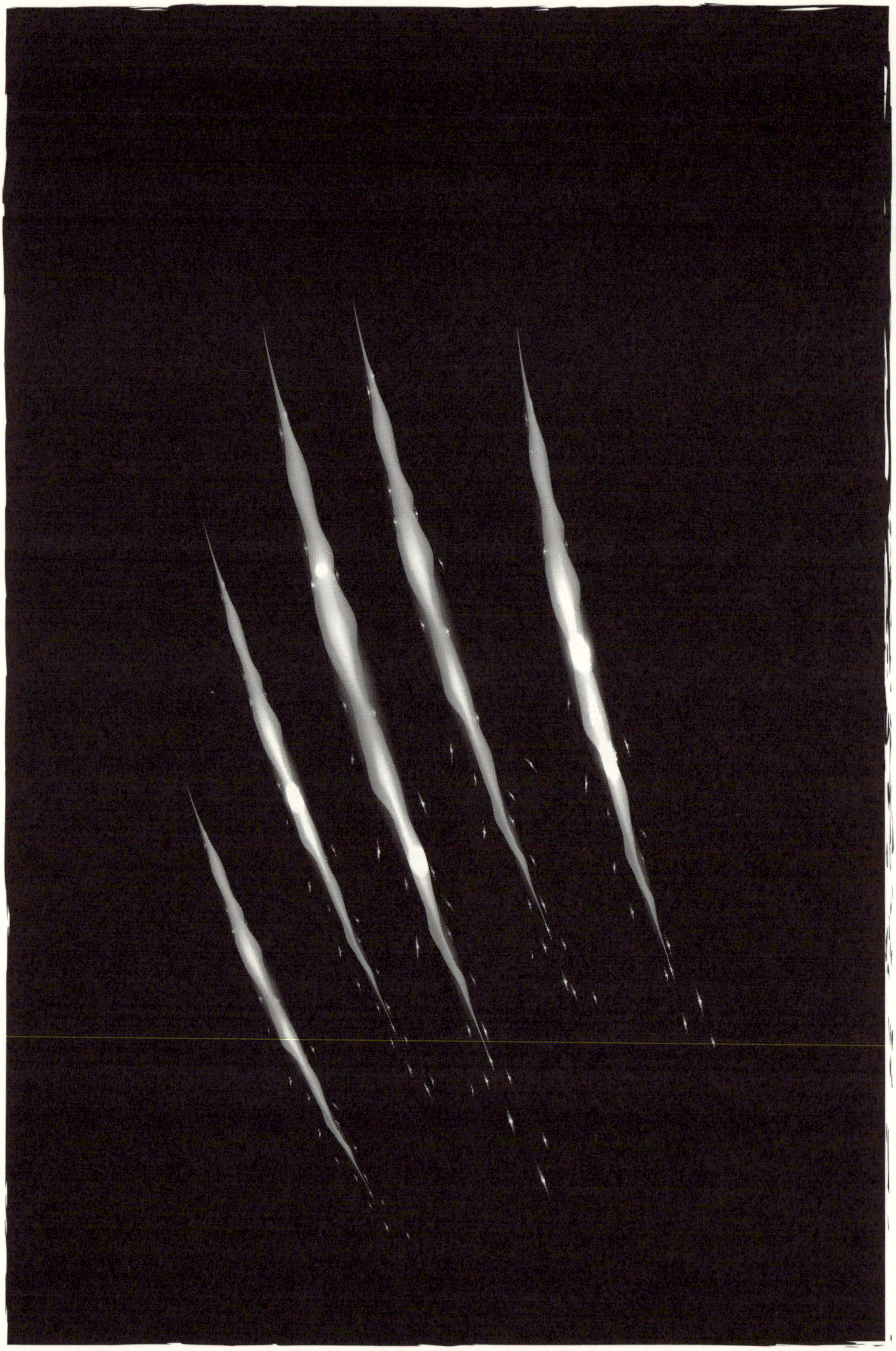

OUTROS LIVROS DE HENRY HOKE

Sticker

The Groundhog Forever

Genevieves

The Book of Endless Sleepovers

“Não existe criatura cujo ser interior seja tão forte a ponto de não ser profundamente determinado pelo que está fora de si.”

— George Eliot, *Middlemarch*

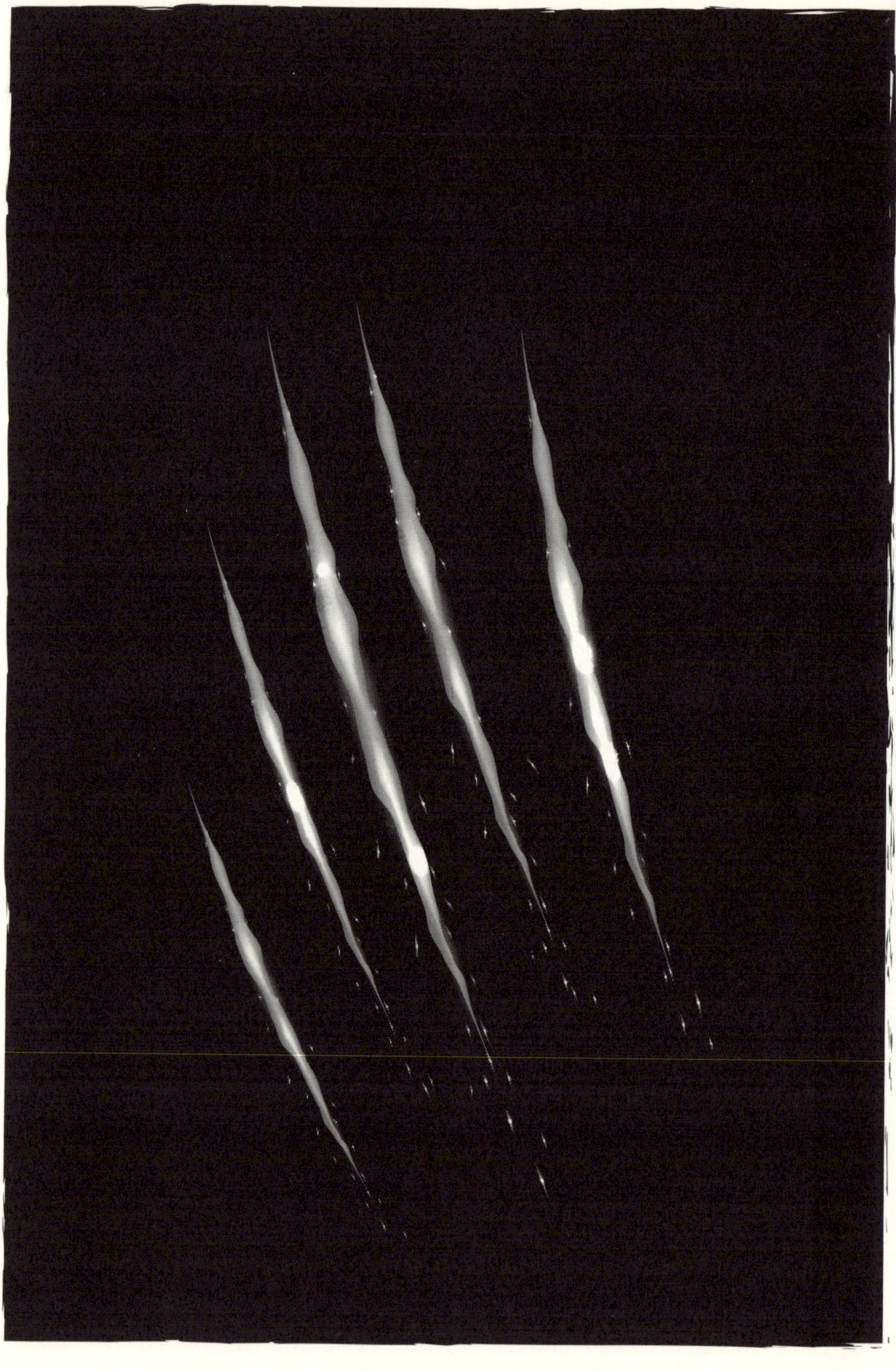

SOBRE

O AUTOR

Henry Hoke é editor na revista *The Offing* e escritor com trabalhos publicados na *No Tokens*, *Triangle House Review*, *Electric Literature* e na antologia de *flash noir* *Tiny Crimes*. Ele co-criou a série performática Enter>text em Los Angeles e lecionou na CalArts e na UVA Young Writers Workshop. Atualmente, vive em Nova York.

GRATIDÃO

FEROZ:

A Kate Durbin, sem a qual eu não conheceria Los Angeles em todo o seu caos caleidoscópico, e a Emma Rathbone, que ajudou este livro a encontrar seus defensores.

A Jim Rutman, Szilvia Molnar, Brooke Ehrlich e à incrível equipe da Sterling Lord Literistic por tornar realidade um sonho de toda a vida.

A Lee, que chamou écati pelo nome, e a Millicent, que não comeu o rato.

A Johanna Hedva ("não brinque com a minha sintaxe") e a Katherine Faw ("apenas as melhores"), por me guiarem através de um turbilhão.

A Jackson Howard e Gillian Fitzgerald-Kelly, que tiraram este animal da natureza selvagem, e a todos da MCD/Farrar, Straus e Giroux, e Picador. Eu adoro vocês.

Aos maravilhosos amigos, colaboradores e colegas que me apoiaram durante todos esses anos estranhos partindo, permanecendo e retornando como uma fera fictícia. Nós sabemos quem somos.

À minha família, pelo cuidado constante em tempos de indiferença.

A Malcolm, por todas as minhas almas guardadas.

A Merkel, navegante mágica na jornada de nossa vida pela arte. Amor além de palavras. Você é minha escritora e humana favorita.

Este livro é para P-22, que caminha ao meu lado em sonhos, e para Jane, que virou as páginas.

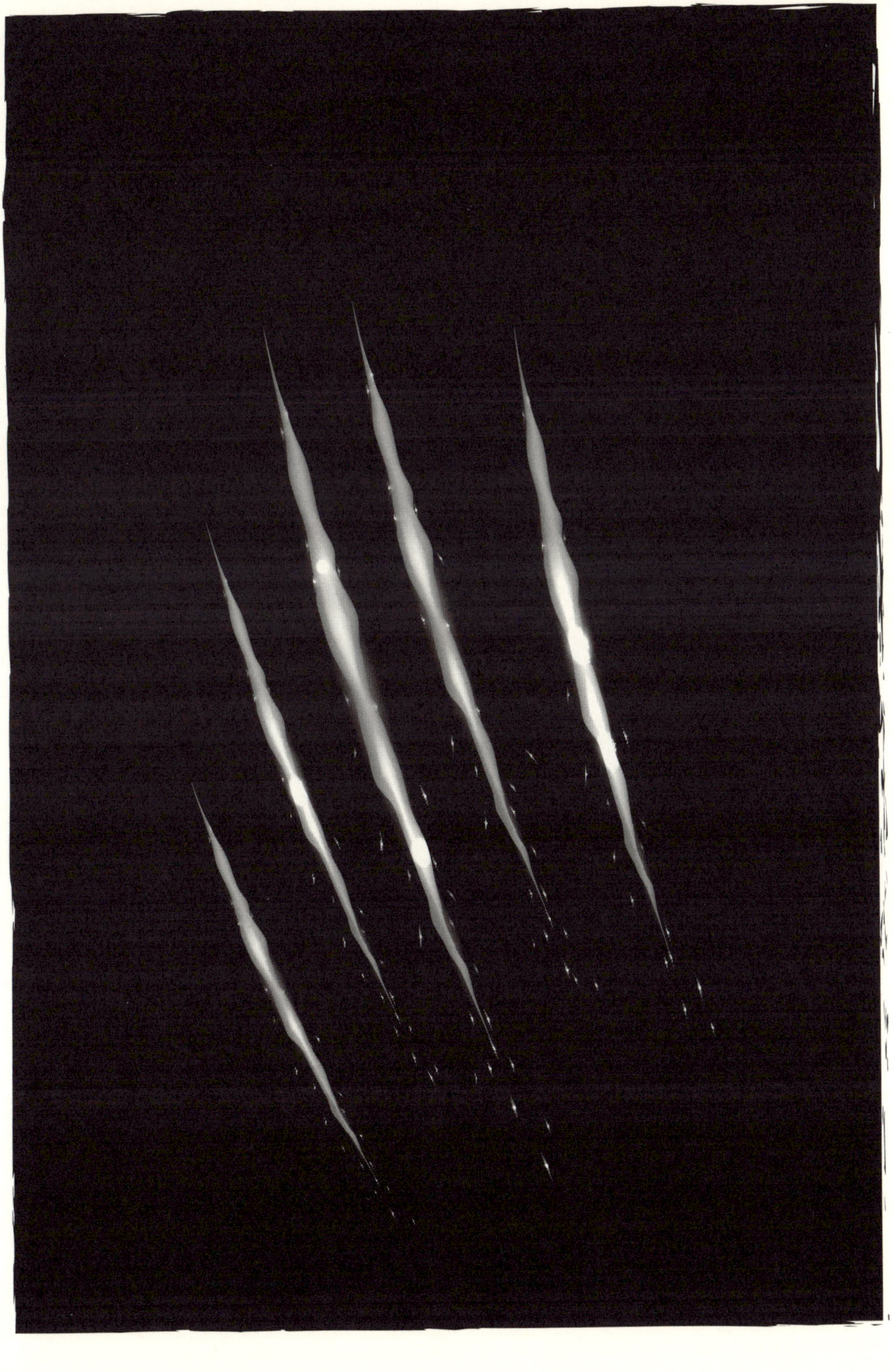

eu nunca

comi

uma pessoa

mas hoje

eu posso

acordo no meu matagal ao som de chicotes e vejo um homem corpulento com uma jaqueta de couro marrom e um chapéu marrom balançando o chicote em direção a duas outras pessoas um homem e uma mulher

a mulher segura um telefone e diz *você se parece com ele oh meu deus*

o homem do chicote sorri e o balança de novo e sinto algo no fundo do estômago que não é fome

também sinto fome

o homem sem o chicote se deita de costas e abre as pernas e ergue os pés para o céu e grita *isso continua encoste nelas só roce nas minhas bolas devagar*

o homem com o chicote inclina o braço para trás e para frente e o chicote bate na terra em frente ao homem deitado e o homem deitado diz *isso continua*

a mulher aperta o telefone e diz *cuidado esses são os meus garotos*

eu tento entender as pessoas mas elas dificultam

o homem no chão é magro e a mulher com o telefone também mas o homem que segura o chicote é gordo e seu pescoço fica saliente na gola da camisa bege e posso ver uma veia e ouvir o sangue correndo por seu braço que se dobra e fica carnudo toda vez que ele levanta o chicote o chicote bate no chão levantando poeira e soa como tortura para todos os felinos grandes

fodase esse cara

eu posso sentir o cheiro de suas entranhas

minha boca fica cheia de água e a baba escorre e encharca minhas patas

meus lábios produzem um som mais alto que o estalo do chicote e as pessoas param como se tivessem me ouvido e o homem deitado se levanta e a mulher vira o telefone na minha direção e o outro homem segura o chicote em estado de alerta

sim eu ouvi diz a mulher como se alguém tivesse perguntado alguma coisa

eu não sinto medo dos olhos deles

sou da mesma cor do meu matagal e da terra

ninguém me vê a menos que eu queira

o chicote encoraja o homem corpulento e ele caminha lentamente em minha direção e aperta os olhos e se inclina com a veia latejante do pescoço em foco total

abro a boca e julgo a distância entre o homem e seus amigos magros e tento decidir se posso arrastar ele para o matagal rápido o suficiente eu me pergunto se eles vão nos perseguir ou se vão fugir

já faz semanas que comi algo maior que um guaxinim

penso em quantas refeições posso conseguir deste homem e
que se deixar ele nas cavernas os abutres não o encontrarão
e eu poderei voltar várias vezes para comer um pouco mais

penso em todas as noites que passaremos juntos

esse homem suas entranhas e eu

vamos buscar comida diz o homem enquanto enrola o chicote em volta do punho e afasta o pescoço do caminho dos meus dentes

a mulher bate palmas e diz *sim pensei que já tivesse superado* o brunch *mas acho que não*

vejo eles andando rápido pela trilha e vou dormir porque o sono tira minha fome quando acordo

ouço as últimas

caminhantes

do dia passando

pelo meu

matagal

duas garotas com enormes garrafas de água que refletem a luz do sol através dos galhos e nos meus olhos

não é fácil dormir com o estômago vazio mas acho que me saí bem

uma garota diz *deus não posso acreditar que já está escuro*

é devemos começar a caminhar mais cedo diz a outra

ela toma um gole de sua garrafa e diz *não importa o quanto eu diga não e cancele coisas ainda não terei tempo* e a primeira garota diz *isso é apenas sua mentalidade de nessa cidade você tem que trabalhar isso*

sim e você sabe disso você sabe que eu não gosto de mudanças diz a segunda garota e a primeira diz *sim mas todos sofremos nessa cidade por causa do capitalismo então todos temos que fazer um esforço para desprogramar essa mentalidade de nessa cidade como se fosse nossa força motriz*

suas vozes ficam mais baixas e eu não consigo mais ouvir elas então bocejo e estico minhas patas e suas garrafas de água desaparecem com seus corpos no pôr do sol

eu não deveria estar aqui e elas também não

agora que as caminhantes se foram deixo meu matagal e desço para a ravina seca onde costumava correr muita água e como insetos e chupo as gotículas para matar minha sede

me lembro da última chuva e de como não fiquei feliz com ela mas não sei quanto tempo faz

agora preciso que a água caia do céu ou de qualquer outro lugar

eu preciso de mais do que um gole sujo

penso nas caminhantes e nas garrafas brilhantes em que bebem e vasculho a terra em busca de mais insetos

eu as como e sei que tenho que encontrar um lugar novo para beber algo

as coisas estão mudando

há um tempo eu não fantasiaria em comer uma pessoa

o que as garotas disseram faz sentido

não sei o que é essa mentalidade de nessa cidade

mas eu tenho isso

este lugar é chamado de coisas diferentes por pessoas diferentes a maioria diz élei mas também dizem parque ou *roliúdi*

ouço muito essa palavra

eu sei que moro abaixo do letreiro de roliúdi porque os caminhantes dizem *olha estamos abaixo do letreiro de* roliúdi e refletem *será que podemos ir até lá* e perguntam *de qual letra você pularia*

já estive lá mas à noite as luzes acendem e tudo fica muito exposto então fico onde estou agora

não ligo para vistas de todo modo

os caminhantes dizem coisas como *olha essa vista* ou *temos que fazer isso com mais frequência suba aqui e tenha uma perspectiva*

o que eles veem os faz apontar ou parar e virar e colocar as mãos nos quadris e respirar fundo mas a distância que eles amam é um borrão fora de foco quando tento olhar para onde estão olhando

tudo que posso ver é o que está bem na minha frente

quando o sol
se põe abaixo
do cume eu saio
da ravina seca
e parto para

a vila

vila é onde as minhas pessoas vivem

há quatro e elas têm três tendas montadas apenas algumas camadas atrás das árvores onde os caminhantes não podem ver

mas eu vejo no escuro

as pessoas na vila têm um cheiro familiar para mim um cheiro de calor ou de floresta não o cheiro doce de caminhante que faz minha cabeça doer

e foi assim que há um tempo eu encontrei eles e sua pilha de lixo e os animais menores que vêm comer seu lixo e se oferecem para serem comidos por mim

as pessoas acendem uma fogueira algumas noites e eu devo ficar longe do brilho mas elas não fazem isso há meses porque têm medo da secura assim como eu

há uma bomba de água na clareira depois da vila e é por isso que construíram a vila ali

não é um arranjo ruim

vou até a bomba de água e há uma poça profunda abaixo dela e eu dou lambidas e lambidas e lambidas

secretamente faço parte da vila

fico nas margens e não mexo nas tendas ou nas lonas e nos suprimentos mas ouço falarem de mim o homem mais velho na tenda da esquerda me chama de puma

o casal na tenda do meio me chama de leon

o jovem na tenda à direita me chama de um nome diferente todos os dias, mas sempre começa com gato

gato filho da puta ou gato de merda ou gato maldito

eu posso lidar com isso

ele é gentil e deixa seu lixo perto de uma árvore e esta noite tinha um balde de ossos de galinha mas com galinha no fundo

a carne e os ossos têm gosto de saliva de muita gente e meu estômago fica cheio e sinto gratidão e meus olhos se enchem

quero agradecer às minhas pessoas mas sei que se me virem isso vai estragar nosso relacionamento

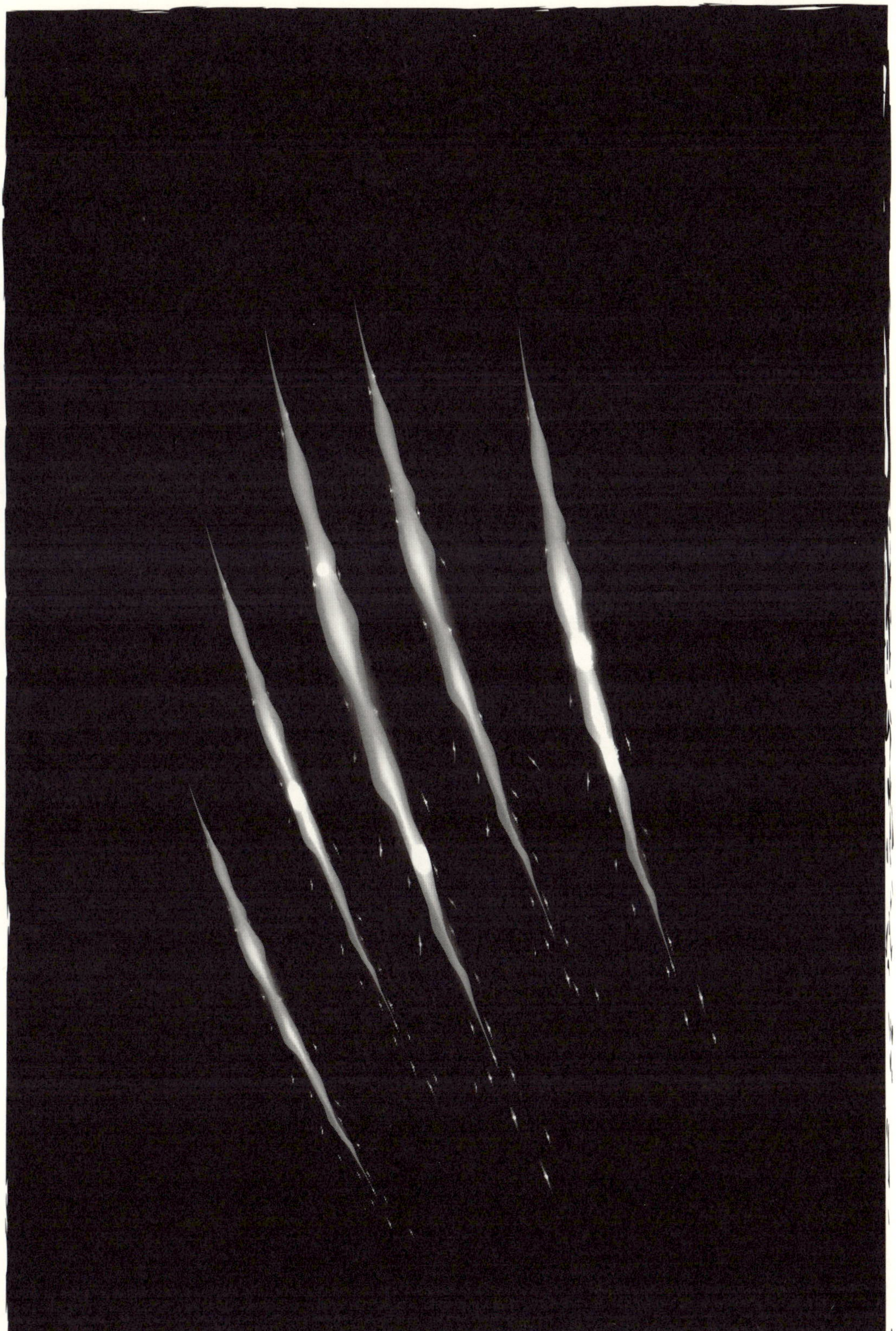

o amanhecer
indica que é
hora de ir e eu
trago um osso
para o meu

matagal

os caminhantes começam cedo e ouço vozes assim que me acomodo às escondidas e começo a roer o osso

ou ouço a voz de um homem

sou um bom ouvinte diz o homem e vejo que ele está com uma mulher que caminha ao lado dele

o homem diz *estou falando sério quero ouvir você pode me dizer o que quiser sobre nós ou sobre mim ou sobre o jantar qualquer coisa prometo que vou apenas ouvir e não vou interromper ou discordar só vou aguentar você não sabe como sou um bom ouvinte sem você ou quando não estou perto de você quando estou com outras pessoas é apenas essa coisa específica conosco que torna tudo difícil então estou pronto para ouvir realmente estou prometo que estou pronto*

esta é a minha história para dormir hoje e fecho os olhos e deixo os ouvidos atentos

sou excelente ouvinte

não ouço a mulher e começo a me perguntar como é a voz dela

eu me pergunto como é a minha

ao entardecer

sinto que estou

só

eu arrisco um rosnado mas a terra rosna mais alto

a terra parece diferente minhas patas não estão mais presas

elas cedem

meu corpo estremece no chão assim como tudo ao meu redor está tudo se movendo ao mesmo tempo a montanha se move sinto como se estivesse na água não há apoio para as patas pedrinhas rolam pelos galhos do meu matagal arranham meu rosto de um jeito que não deveriam e a dorzinha aguda não me acorda porque não estou dormindo

não consigo me levantar e acho que nunca vou conseguir e isso parece durar uma eternidade enquanto o tremor cessa

a quietude de agora não é a mesma de antes

não confio nessa quietude

há um pouco de sangue nas minhas pernas onde os galhos me arranharam

meu matagal não é mais seguro

eu me preparo para sair e vejo uma pessoa parada ao meu lado ela está vestindo camisa e sapatos amarelos e está de costas e ela está mexendo no telefone então não me vê

eu congelo e me sinto horrível

ok ok ela grita para o alto e depois diz novamente para si mesma *ok*

ela dá um passo para trás com um pé só e seu sapato está tão perto do meu rosto que posso sentir o cheiro

o telefone está na orelha dela agora e ela coça a lateral do corpo e deixa a mão ali segurando com força enquanto fala

você sentiu isso ela diz ao telefone

não ela diz *não eu estou no parque não sei se ando agora*

o sapato dela se afasta do meu rosto e então ela fica quieta e escuta e então grita *como você não sentiu isso é um maldito terremoto*

e então ela fica mais quieta e diz *amor eu sei que você pediu para eu não ligar mas estou ligando porque olha fodase estou voltando para casa*

ela bufa e enxuga os olhos com as costas da mão do telefone

ela desce a colina correndo e a poeira de seus sapatos amarelos fica suspensa no ar junto com a palavra terremoto olho para baixo e toco uma pata dianteira na outra para ter certeza de que sou real e de que ainda estou vivendo

já senti tantos tremores antes mas ou este foi diferente ou eu estou diferente

agora

raspo a terra e subo a colina mas tenho medo de que o chão nunca mais fique sólido

está escuro quando chego às cavernas e tenho sorte porque o terremoto empurrou um enxame de morcegos para fora de um túnel e eles mergulharam e se espalharam acima de mim e estão tão confusos quanto eu

nem mesmo o tremor pode destruir minha fome noturna

eu uso a confusão deles

eles não têm ideia de quão alto eu posso pular

eu pulo e golpeio um morcego no ar e quebro seu pescoço com os dentes e então faço o mesmo com outro e mais outro

essa caçada fácil é como um jogo e encontro alegria sob o novo luar

eu vou fundo nas cavernas até ficarem tão estreitas que devo parar se mais tremores vierem eu quero estar em algum lugar pequeno

eu me viro e deito com o morcego de lanche na minha frente e encho minha boca e depois meu estômago e há água pingando então bebo para ajudar as asas a descerem

já ouvi caminhantes falarem sobre terremotos antes e eles costumavam dizer é *um motivo para dar o fora de élei* ou *eles não são mais um problema* ou *não acontece mais a falha mudou de posição*

de qualquer forma é melhor estar fora ao ar livre quando um de grande magnitude chega eles diziam

estou sempre fora

esta noite sob camadas de rocha estou sem fome e posso pelo menos respirar

mas mesmo aqui na caverna eu sei que ainda estou do lado de fora não estou em uma tenda como as pessoas da vila e isso não melhora o fato de o tremor ter acontecido e não vai melhorar se isso acontecer novamente

eu não sei

é difícil dizer como é

estou procurando as palavras

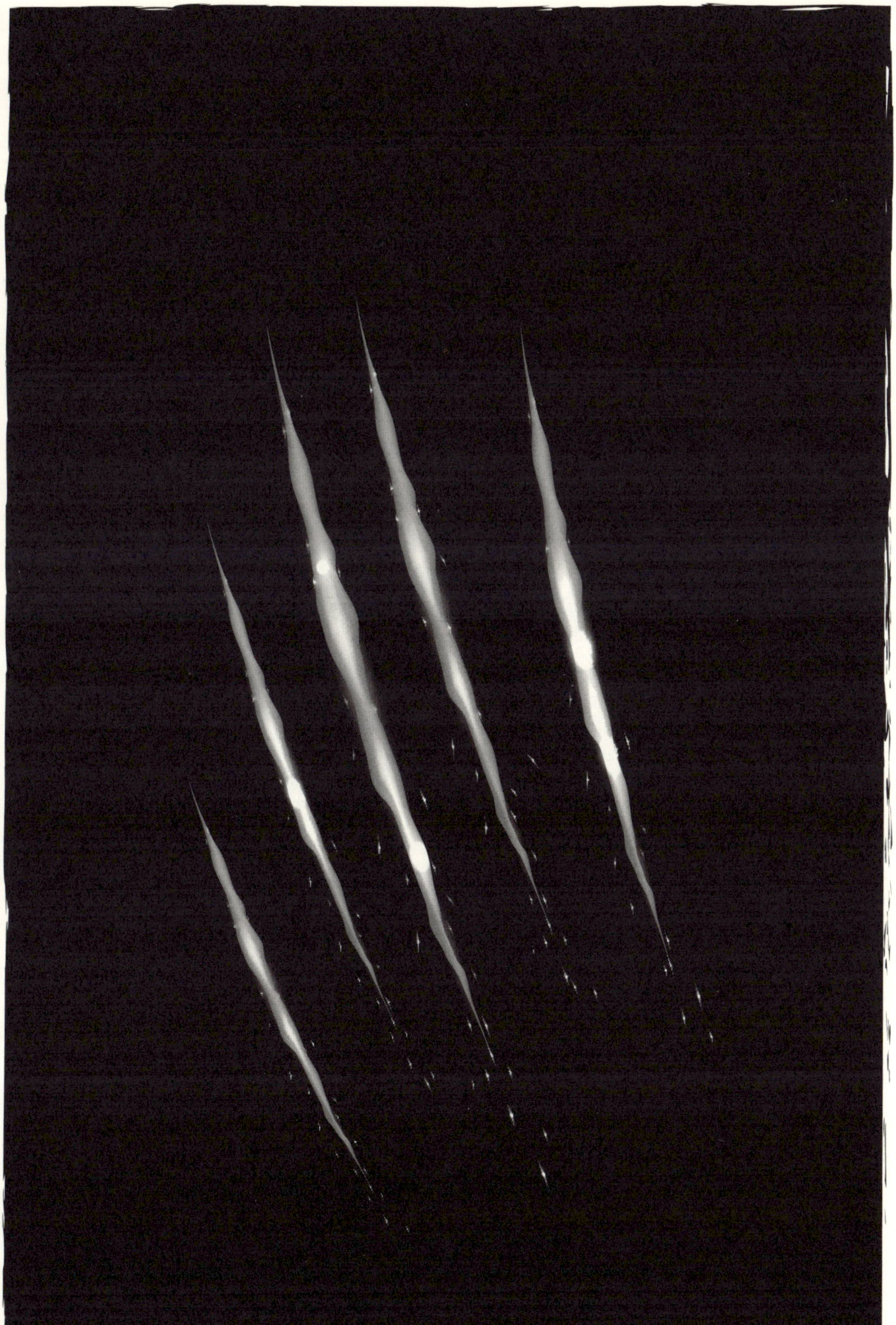

espirra xixi

no meu rosto

e me acorda

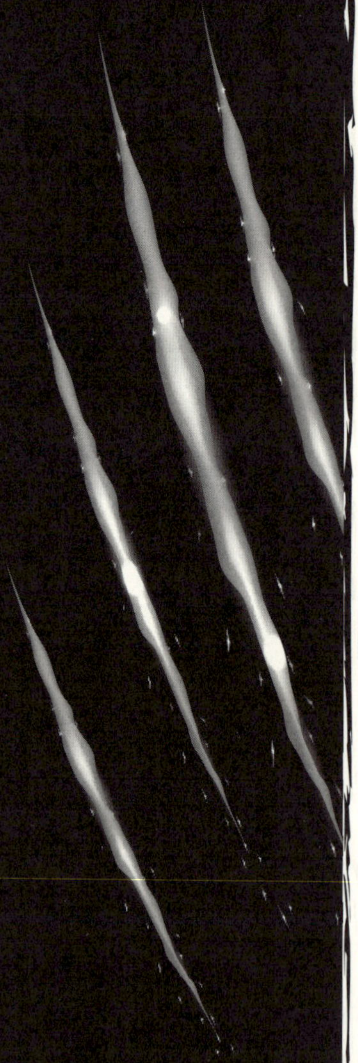

o cheiro forte arrepia meu pelo e meus olhos se abrem

observo a parte pendurada do homem e a umidade escorrendo dela nas pedras à minha frente

o sal cobre meus lábios e eu lambo

estou com fome de novo

eu me afasto do jato e meus olhos devem ser atingidos pela luz do sol porque o homem mijando faz um som grave e aperta o peito e se vira antes de puxar as calças e escorrega no cascalho e cai de cara no chão

ele se recupera e sai correndo da caverna sem olhar para trás

se olhasse veria que eu não o perseguia

estava imóvel

ele me veria não dando a mínima

já fizeram xixi em mim antes

eu levanto deixando meu recanto e cheiro sua poça e me posiciono sobre ela e faço xixi e a poça fica maior

ainda posso sentir o cheiro do medo dele

vou até onde ele caiu e apalpo as marcas frenéticas que ele deixou no cascalho e penso como seria caçar ele

ele estava tão perto quando me acordou e eu tinha todo o poder da surpresa ao meu favor

o ataque poderia ter acontecido naquele momento e eu poderia enfiar ele no meu recanto e garantiria algumas refeições

ele tinha um pescoço magro que quebraria em um segundo

mas não tinha carne nele

não era como o homem do chicote

só estou pensando tudo isso porque o mijão se foi

e eu sei que não vou ver ele novamente

encontro o celular dele na entrada da caverna

é preto e brilhante e tem uma estampa de pele de cobra e eu o viro e pressiono como vi as pessoas pressionando os seus mas

celulares não funcionam comigo

não consigo pegar e levantar ele até o rosto ou a orelha e de qualquer forma

para quem eu ligaria o que eu diria para onde iria minha voz eu me inclino e vejo algo na tela preta

talvez uma língua e dentes

meu reflexo

mas ainda não tenho essa palavra

meus olhos

gosto de pensar que o homem que fugiu se lembrará desses olhos

sempre

esmago o celular contra a base de metal de uma placa

a placa fica na entrada da caverna e quando vejo pessoas aqui elas param e se aproximam e olham para a placa e então se viram ou entram

não sei o que diz a placa porque não posso ler

há placas por todo o parque e observo as pessoas parando nelas e tento descobrir o que as placas dizem pelas reações das pessoas

às vezes as pessoas perguntam às outras o que dizem como se também não soubessem ler mas é porque um sempre está mais perto da placa e aí me ajudam lendo em voz alta

por isso eu conheço aquela que diz risco de incêndio muito alto hoje e a que diz cuidado com cascavéis não tenho problemas com cascavéis

aquela que diz risco de incêndio muda de cor e às vezes as pessoas leem e dizem *extremo* e depois falam *merda*

será que existe um sinal de alerta para mim

poderia ser este

quando saio da caverna os pássaros estão gritando e há um som cada vez maior no céu

zumbindo e rangendo e se movendo em longos círculos

o jovem da vila os chama de malditos helicópteros

os malditos helicópteros circulam à noite com grandes luzes que cessam minha escuridão e então eu não consigo ver e não consigo me esconder

o jovem da vila vai sair de sua tenda e gritar e agitar o punho e xingar eles como me xinga

ele os odeia então eu os odeio

o som de zumbido e rangido fica mais baixo e ouço caminhantes chegando e corro para atrás de uma árvore

os caminhantes estão olhando para cima é claro e um deles diz *é um helicóptero de resgate sim para o hospital infantil* diz o outro *eles sempre vão para o hospital infantil eu os ouço o dia todo*

ah perfeito o primeiro caminhante diz *agora sempre que eu olhar para cima e ver ou ouvir eles só pensarei no bebê ensanguentado e moribundo lá dentro e isso me fará sentir ótimo*

eu olho para cima através dos galhos da grande árvore mas o céu está claro demais para eu ver qualquer coisa exceto a luz dolorosa

em vez disso fecho os olhos e ouço o som do maldito helicóptero desaparecer

eu imagino as crianças ensanguentadas no céu

penso no sangue chovendo do céu e rolo de costas e me espreguiço e agarro o ar e abro a boca e penso em pegar toda a chuva de sangue com a minha boca e isso saciaria minha sede e a faria desaparecer de uma forma que não acontece desde que eu era filhote

quando sinto fome penso muito em sangue

quando não estou com fome também

lambo os pequenos arranhões que meu matagal fez em mim e sinto gosto de sujeira e de minhas entranhas e não sacia nada tem gosto de felino e embora eu seja não gosto de felino

eu me levanto e cuspo e balanço a cabeça e cresço eu provavelmente não comeria uma criança

meu novo

matagal é um

arvoredo retorcido

acima de uma

estrada

caminhantes vão e vêm o dia todo enquanto eu descanso mas estou três metros acima deles e eles nunca suspeitam

daqui eu nem precisaria pular só deveria cair e o caminhante que eu quisesse seria meu

tento afastar esses pensamentos da minha cabeça e permitir que a brisa seca me deixe com sono

os caminhantes falam sobre seus terapeutas

eles analisam o que é bom ou ruim em seus terapeutas e decidem se o terapeuta os ajudou a se sentirem bem ou mal e usam essas duas palavras como se tivessem significados diferentes

um terapeuta é algo que eu quero

não sei se me sinto bem ou mal

se sentir fome é ruim e quase sempre sinto fome então talvez quase sempre me sinta mal

um terapeuta pode me ajudar com isso

um terapeuta pode explicar por que sinto um tremor por dentro depois que o tremor por fora passa

uma caminhante diz *eu pago duzentos por sessão só para falar merda sobre meus pais* minha mãe me deu um nome que não posso compartilhar

eu não sou de élei só acabei ficando aqui

eu era um bebê num lugar distante onde o sol se põe

numa floresta densa à beira da água onde podíamos sentir o gosto do sal levado pelo vento à noite

nós

porque éramos muitos na colina verde onde as cores eram cores que não vejo aqui e os cervos vagavam para que os capturássemos e tudo o que tínhamos de fazer era esperar e ser pacientes

minha mãe era capaz de ficar imóvel por dias buscando ouvir os sons suaves que a presa faz

minha mãe era muito gentil

sua sede de sangue era insaciável

ela me ensinou como quebrar um pescoço com minhas mandíbulas

por que motivo eu a deixaria

meu pai me deu um nome que não vou repetir

ele não ficava por perto na nossa parte da floresta ele mantinha seu próprio território no alto da encosta quando viajávamos em direção à água às vezes o víamos à espreita nos observando para ter certeza de que nos lembrávamos de adorar ele mesmo que estivéssemos viajando e matando sem ajuda

minha mãe ficava na encosta e bloqueava meu pequeno corpo de sua visão

eu cresci do tamanho de filhote para o tamanho atual e fiquei perto da minha mãe enquanto todos os outros felinos iam embora para encontrar os próprios matagais e perseguir as próprias presas e fazer os próprios filhotes

meu pai queria mais e então seu território cresceu e de repente estávamos nele

ele desceu a colina

eu era muito grande para minha mãe bloquear

ele a atacou primeiro

um pai é uma ausência para um filhote

um felino adulto é uma ameaça para um pai

um caminhante diz *meu único terapeuta realmente bom estava em nova iorque*

é claro diz o outro caminhante

eles falam muito sobre nova iorque em élei

em nova iorque você não precisa de carro

carros são metais barulhentos que levam as pessoas ao parque e que saem em filas e aglomerados perto das estradas e as pessoas não param de falar que precisam deles mas não em nova iorque

será que nova iorque deve ser meu próximo destino

pelo que as pessoas dizem parece que todos de lá estão vindo para cá e é por isso que tudo está mudando e porque tudo custa muito caro agora e porque as coisas boas sobre élei estão desaparecendo

eu quero fazer o oposto quero ir a um lugar onde não me odiarão

onde haja terapeutas correndo por toda parte como cervos e eu possa simplesmente encontrar um e capturar e segurar ele

guardar em algum lugar seguro e visitar ele uma vez por semana

esse é o problema de élei diz o outro caminhante *esquece a terapia devemos elevar as coisas a outro patamar aqui*

tudo o que temos aqui são gurus

o cheiro deles sai do meu nariz

minha mãe me ensinou a caçar e meu pai me ensinou a ser a caça

depois do ataque ele me perseguiu em direção ao nascer do sol

ficou na parte de cima da colina o tempo todo para que eu não esquecesse seu poder

quando eu precisava fazer cocô eu me esforçava para enterrar ele e não deixar rastros

a única direção que eu poderia seguir e onde sabia que meu pai não me seguiria era em direção ao rugido da longa morte

todo animal tinha medo da longa morte

até meu pai

no topo do morro mais distante vi mais morros sem verde

mas entre onde eu estava e o lugar para onde eu deveria ir estava a longa morte

a longa morte era um caminho gigante e embaçado que subia e descia e estava sempre repleto de carros em alta velocidade que matavam inúmeras criaturas

troquei o medo antigo pelo novo

tenho dificuldade
para dormir nas
árvores retorcidas
porque há muitos
caminhantes que
vêm e vão
e falam alto

o dia inteiro

eles falam sobre como ninguém em élei tem um emprego de verdade mas pelo que eles descrevem como empregos de verdade acho que eles também não os têm

élei é uma meca para os com emprego informal dizem

para serem empregados eles precisam de habilidades

dizem uns aos outros *você tem tantas habilidades comercializáveis*

eu reflito sobre minhas habilidades

minhas habilidades são me esconder por tanto tempo que você esquece que estou lá

observando e ouvindo até memorizar seus hábitos e sua linguagem mas

matar é meu trabalho

um grande lagarto rasteja e eu

esmago sua cabeça contra uma pedra e engulo metade do corpo

isso também é trauma isso é o trauma falando diz uma garota ao telefone é *tudo trauma*

ela fica em silêncio e coloca o celular na bolsa pendurada no ombro e quando puxa o braço um pedaço de papel verde cai no chão atrás dela eu sei que o papel é importante porque já vi pessoas o deixarem cair e dizerem *merda* e correrem para pegar ele e dizerem *essa foi por pouco*

a garota do trauma não faz nada disso ela nem percebe que caiu e segue em frente e eu espero e a lua aparece acima de mim

eu pulo e pego o papel entre os dentes

eu tento degustar sua importância

nada

eu decido que meu pessoal aproveitará melhor o papel verde então eu o levo para a vila

eles podem ter sobrevivido ao terremoto e podem ter tendas para se proteger do frio e da chuva e podem ter pilhas de lixo mas eu quero contribuir

esta pode ser a vila deles mas todos sofremos nessa cidade

há um cachorro na vila esta noite e eu paro antes de chegar muito perto

os cachorros não têm a mesma consideração por mim

quando as pessoas deles os trazem montanha acima eles sempre farejam meus esconderijos e latem e não posso comer eles porque o único cachorro que comi uma vez já estava morto e isso fez meu estômago doer por dias

então apenas o pensamento e o som já são repugnantes

esse cachorro está amarrado do lado de fora da barraca do meio e latindo

mas não para mim

estou muito longe

exerço bem demais minhas habilidades especiais

deixo o papel verde cair da minha boca

o cachorro está voltado para outra direção

nas árvores além do cachorro eu vejo três pares de olhos

coiotes são diferentes

eles correm juntos e pensam como eu

se eu não os comer eles podem analisar a situação e pensar que podem me comer se houver um bom número deles e mordidas suficientes

esses três estão com os olhos iluminados fixos no cachorro e estão prontos para o sangue então eu vou por trás deles e pego um e esmago seu pescoço e os outros dois fogem

eu arrasto o corpo magro até a bomba de água e bebo da poça e como do coiote

o cachorro para de latir

de nada eu penso como se falasse para o meu pessoal adormecido

as pessoas são apegadas aos seus cachorros

no meu triunfo eu durmo e no meu sono eu sonho e vejo o homem com o chicote e a veia saliente do pescoço

a veia fica maior que eu e maior que a montanha

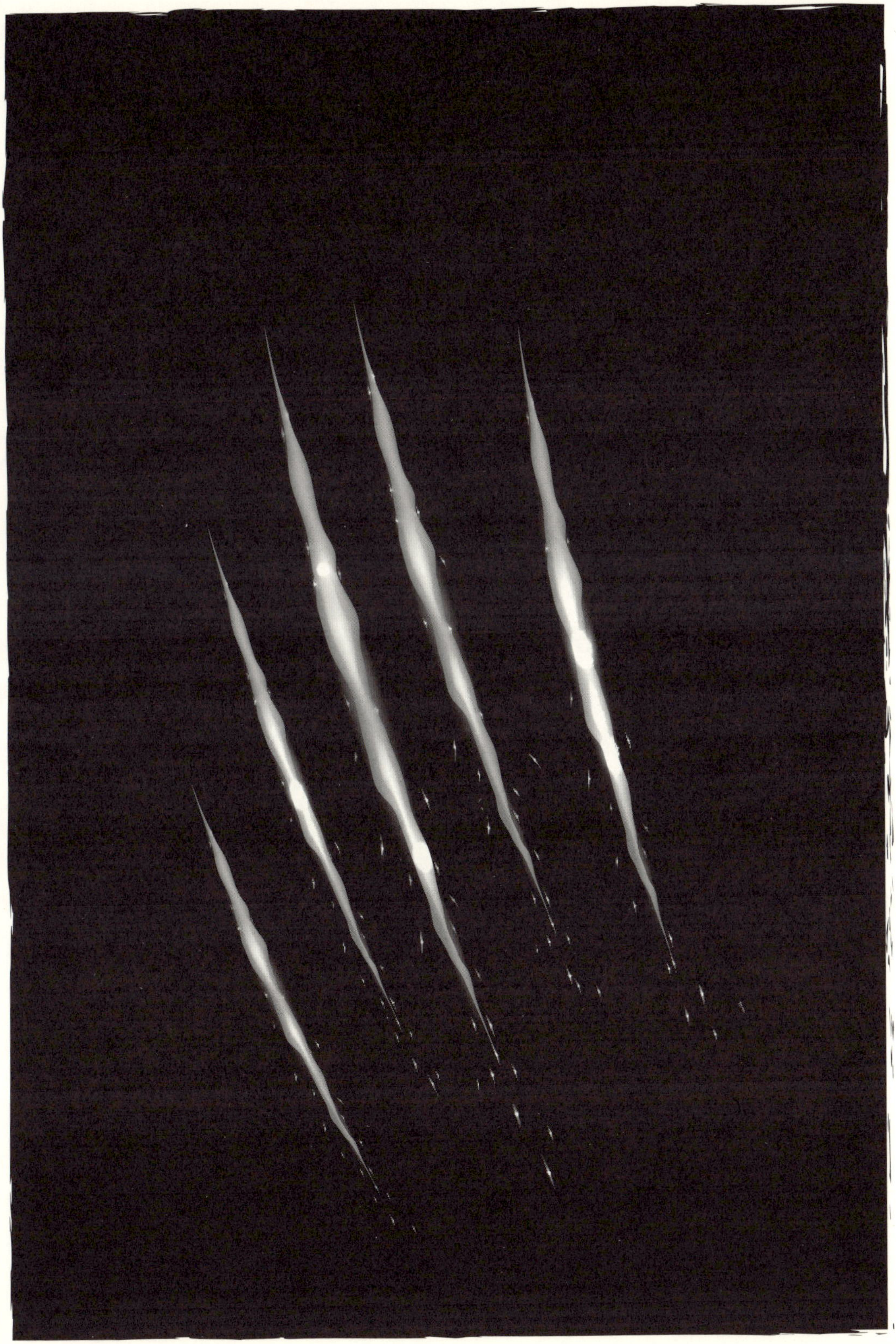

comi tanto antes
do nascer do sol
que esqueci

de sair

uma voz diz *um cachorro morto* e depois a voz repete *um cachorro morto*

o jovem tem uma garrafa na mão e está do outro lado do coiote comido

há um balde caído no chão

o jovem diz isso de novo *um cachorro morto* e seu pescoço se contrai e sua voz muda e ele diz *como há estacionamentos de baixo nível*

como se soubesse que o que mais me assusta é o que não entendo

ele levanta a garrafa

será que estaríamos bem se eu tivesse o papel verde na boca em vez de tripas de coiote

se eu tivesse algo a oferecer

gato mau

ele joga a garrafa e ela bate com força na minha pata dianteira e eu tombo para o lado e ele corre morro acima e a terra flutua no ar daquela manhã ruim e eu a vejo voar com o vento e o jovem para e se vira e olha para mim de cima para ter certeza de que vou embora

ele me olha como o meu pai

volto para as
árvores retorcidas
e a estrada abaixo
está ocupada
de novo

sou uma espécie de poeta diz um garoto a outro com quem está de mãos dadas

quando perguntam o que você é diz o garoto *invoco imediatamente o poeta porque nunca faço a escolha óbvia eu faço a escolha profunda quero reivindicar esse título de poeta ra ra*

observo suas mãos enquanto eles vão embora

mãos que poderiam estar agarrando e jogando garrafas mas em vez disso estão enroladas e conectadas

eu acho que sou uma espécie de poeta

porque quando finalmente encontro um cervo deixado para trás pelo bando

a perna quebrada e presa em uma pedra

mesmo sabendo que não deveria

sabendo que isso fará a carne estragar mais rápido

eu como o coração primeiro

arrasto meu cervo para as árvores retorcidas onde ele ficará coberto para que eu possa fazer durar o sabor de carne e ferro que está recheando minha boca

isso é um banquete para uma semana

não precisarei do meu pessoal ou das suas tendas ou das suas sobras

não precisarei ir para a vila

eu posso me cuidar

é fácil mentir quando estou sem fome

o sono tenta me encontrar

mas em vez disso as vozes ininterruptas dos caminhantes me encontram

sim mal posso esperar para ver você um homem diz para fios pendurados em suas orelhas

então não vamos esperar certo com cada passo que damos quando você desliga a ligação e quando sonha que está se aproximando de mim e eu estou fazendo o mesmo não estamos esperando ou parados ou inertes estamos constantemente viajando no tempo para estarmos juntos novamente

há algo errado com meus ouvidos

não posso fechar eles como faço com meus olhos

mais e mais vozes chegam e eu paro e observo para ver de onde estão vindo *não temos seguro contra terremotos* dizem

mas temos sempre uma mala pronta para o caso de um incêndio descer a montanha

eles não sabem onde estão

estão sempre mudando o nome

é élei

ou é bitiúdi

ou é o quénion

chamam tudo de desastre

eu fico olhando para as árvores porque elas não falam

isso não é grande coisa todos dizem mas só antes de dizerem outras coisas

isso não é grande coisa mas o carro vai precisar de muito mais trabalho do que eles pensavam

isso não é grande coisa mas ele sumiu tanto faz ele é feio e todos os seus amigos são péssimos

isso não é grande coisa mas agora preciso que você me escute eles dizem *não acredito que já é quase dia quatro e ainda não recebi um cheque dele eu tenho olhado a caixa de correio todos os dias* e eles dizem *você sabe qual é a definição de insanidade é fazer a mesma coisa de novo e de novo* e eles dizem *sim mas verificando a correspondência*

eles dizem *fazer o quê* e depois repetem

dizem *a fama é uma verdadeira assassina tudo o que fiz foi um comercial e agora sou reconhecido e gritam comigo meu deus eu preciso voltar a ser ninguém*

eles dizem *sim claro que o projeto é guei tudo é guei agora tudo é guei agora é tudo guei tudo é guei agora*

dizem *não eu não vou contar a ela*

eu quero devorar o som que eles fazem

eu tenho muita linguagem no meu cérebro

e nenhum lugar para colocar ela

passo metade da noite arrastando meu cervo colina acima até o topo do penhasco

para encontrar um pouco de silêncio

quando chego ao topo há uma coruja empoleirada na rocha à minha frente

não está interessada no meu cervo

a carne está imóvel há muito tempo

a coruja vira a cabeça para me olhar então eu olho em seus olhos e vejo o que ela vê

o mundo brilhante abaixo do parque à noite é um borrão para mim quando tento olhar para ele

mas se eu chego perto o suficiente do olho de uma criatura posso ver o que ela vê e no olho da coruja vejo élei claramente

mais luzes do que eu poderia contar se estendem na escuridão e não param de se esticar

sinto medo de sua extensão

eu entendo por que as pessoas não conseguem escolher um nome só

isso tudo não pode ser élei

subo a colina
com a barriga
cheia de

cervo

não há mais olhos em mim

mas me sinto sob vigia

ouço um zumbido vindo de um arbusto e procuro um pássaro
mas em vez disso um flash de luz me atinge

eu pisco e meu impulso é destruir o arbusto mas dentro
dele encontro uma caixa preta apoiada em pequenos
gravetos pretos e ela zumbe e estala e solta um flash
novamente e desta vez machuca meus olhos e não
consigo ver o que está ao meu redor

na cegueira um vento frio corta a pele abaixo do meu pelo

quando minha visão volta eu chego perto da caixa preta
novamente e vejo meu nariz e minha boca no pequeno
círculo de vidro e penso nas pessoas segurando seus
celulares e pressionando e pressionando

dou um passo para trás e espero pelo próximo flash mas
não há

minhas garras saem e eu bato nos gravetos pretos e a
caixa preta se inclina e cai e se abre como uma armadilha

o que será que ela capturou

o cheiro
de presa fácil
é o que me
desperta

o que vejo quando abro os olhos não é algo para comer

são duas pessoas lentas e murchas e envoltas em camadas de roupas

uma está curvada e a outra cambaleia e a ajuda a percorrer a trilha

é fofo mas pouco apetitoso

posso sentir o cheiro da morte delas vindo até mim pela floresta

será que é o cheiro que coiotes sentem quando circulam

o cheiro que meu pai sentiu em mim

que o fez querer quebrar meu pescoço com suas mandíbulas ou bater minha cabeça no chão

será que eu era uma ameaça

ou apenas estava seguindo meu caminho

minha pele está começando a se soltar e parte do meu pelo arrasta e puxa coisas que não arrastava ou puxava antes

tudo bem

envelhecer é bom

envelhecer significa viver

algo explode

logo acima

de mim

o sol já se pôs mas isso traz o dia de volta branco e ofuscante
no céu negro como um enxame de malditos helicópteros

há aplausos vindo de baixo como se toda élei estivesse
fazendo isso acontecer como se as pessoas tivessem
esquecido quão seca é a minha vida

e fazem isso de novo e de novo

mais explosões e aplausos e menos noite

olho para baixo para impedir que meus olhos doam mas a
luz não vai a lugar nenhum e agora as rajadas estão nos
meus ouvidos também

eu ouço o céu estalar e cair ao meu redor

tudo que sinto é medo de incêndio

isso é demais

o tremor por dentro se torna insuportável

não posso comer tudo o que me assusta

o horror
do fogo no céu
permanece na
minha mente
por dias

me isolo no meu penhasco onde ninguém vem até o pôr do sol

dois homens se aproximam da caverna abaixo de mim e eu observo

eles se distanciam alguns metros e olham para seus celulares

mas não dizem nada

o único som que ouço são seus passos no cascalho

na entrada da caverna um para e olha a placa e o outro não e continua entrando

o espaço entre eles fica maior

quando eles estão fora de vista eu desço o penhasco

e rastejo até a boca da caverna onde posso observar os homens sem que me vejam

seus celulares sumiram e o homem um está logo atrás do homem dois se inclinando sobre o pescoço dele para morder

o melhor cervo que já comi foi aquele que não matei

quando cheguei longe o suficiente para que meu pai parasse de me caçar ele me deixou na longa morte com seu rugido que ficava mais alto a cada passo que eu dava

e eu vi pela primeira vez o cervo correndo pela floresta e ele parou na minha frente

por tempo suficiente para outro grande felino o pegar

eu assisti e não fiz nada enquanto o grande felino acabou com a vida do cervo e o transformou em carne

com sangue na boca e no nariz e nos bigodes o outro felino olhou para mim

parecia um desafio

ou um convite

então esperei até que ele comesse um pedaço de intestino e me juntei

mantive o rosto enterrado no cervo e meus olhos no felino

quando você conhece um grande felino disposto a compartilhar uma caça você não consegue o deixar ir facilmente

eu me curvo e entro na boca da caverna e me escondo nas sombras

os homens estão no chão agora

de joelhos e o da frente tem as mãos espalmadas como minhas patas contra a terra

há um cheiro quente onde eles estão se conectando

meus olhos estão cheios

o movimento que eles fazem me lembra o tremor mas de uma forma que deixa tudo bem

eles se movem como se toda a caverna quisesse que eles se movessem como uma parte natural deste mundo

o homem que está atrás cai para frente e seu peitoral se junta às costas do outro homem e seus braços se unem

a silhueta que formam é a minha

a respiração deles é forte mas os corpos estão parados e ficam em silêncio e meu ronronar ecoa

é alto

eles vão me ver

lembro de como todos os dias o grande felino e eu nos encontrávamos perto de seu cervo e ensanguentávamos nossos rostos juntos

e cada mordida que diminuía a carcaça diminuía também o rugido da longa morte eu ficava por perto e ele ia para algum lugar e voltava com o pelo emaranhado e faminto com seus dentes à mostra como se tivesse histórias para me contar mas não podia e sua mastigação era suficiente e eu apreciava a maneira como ele soprava o ar pelas narinas

nenhum cervo dura tanto quanto você deseja

guardei a mordida final para ele e esperei e esperei mas ele não voltou e então eu sabia que era hora de cruzar a longa morte

a longa morte de perto e em foco era ainda mais difícil de suportar com suas luzes e carros assassinos em alta velocidade nunca parando em sua viagem infernal para a direita e para a esquerda

passei a noite toda com medo e me esgueirando pela lateral e me desafiando a atravessar e quando a luz irrompeu sobre a colina vi o corpo do que compartilhou a caça

seu pelo estava coberto por uma mistura de sangue seco de cervo e sangue úmido de felino que era o seu próprio

corri direto pela longa morte com minhas patas determinadas e batendo contra o chão porque eu queria morrer

mas não tenho tanta sorte

os homens na caverna levantam as calças e voltam para seus celulares o que está atrás sai primeiro e o outro espera um momento e segue

estão tão interessados em suas telas que não me notam

vou até o local onde os homens estavam se conectando e deito na poeira revolvida

meu corpo se torce na mesma posição que o grande felino estava ao morrer

se eu tivesse coragem o suficiente para tentar atravessar primeiro

será que ele teria encontrado meu corpo

ou será que teríamos conseguido caso cruzássemos juntos

imagino o grande felino aparecendo agora na boca da caverna

me rodeando como se eu fosse sua presa e me atacando e se conectando comigo e o calor que faríamos juntos com nossas oito patas e duas partes penduradas e quatro fileiras de dentes

eu me levanto e me agacho e faço cocô e enterro o que saiu de mim mais dois homens se aproximam e com eles suas vozes que dizem *cara eu não quero que você perca sua chance* e dizem *sim nossa ela é muito bonita*

eles passam pela boca da caverna mas não entram e a caverna está totalmente escura agora e eu me sinto invisível e observo

eles chutam pedras e andam de um lado para o outro e colocam pequenos gravetos na boca e os gravetos brilham e os homens soltam fumaça e os gravetos brilhantes encolhem

eu conheço esses homens

o homem do chicote e seu amigo magro

o homem do chicote não está segurando um chicote nem usando chapéu ou jaqueta mas eu conheço sua espessura e conheço aquela veia do pescoço que tenho visto na minha cabeça desde que ele a colocou ao alcance dos meus dentes pela primeira vez

essa é sua chance de comer panquecas com a allison diz o amigo magro para o homem do chicote

ela quer panquecas o que posso dizer diz o homem do chicote

eles não vão se conectar

eu os sigo pela trilha e eles alcançam as árvores perto da cidade *é só perguntar a ela quando voltarmos* diz o amigo magro *espera eu tenho que mijar*

o amigo magro entra na floresta e deixa o homem do chicote sozinho

chego mais perto e o homem do chicote estica os braços acima da cabeça e cospe no chão e o comprimento dele parece vulnerável

mas o amigo magro volta correndo e diz *merda deixa pra lá* e o homem do chicote pergunta *o que* e o amigo magro responde *tem um acampamento inteiro lá dentro* e ele aponta por entre as árvores para onde ficam as barracas da vila

porra diz o homem do chicote *essas malditas tendas estão por toda parte agora cara quero dizer minha rua não é segura*

e o amigo magro diz *sim julia não quer mais passar a pé eles ocupam toda a calçada* e o homem do chicote diz *porra é nojento e olha quanto pagamos de aluguel*

eles ficam quietos e o homem do chicote tira uma pequena caixa de metal do bolso e a segura

tudo bem fodase ele diz *sério assista isso*

ele abre a caixa de metal e vejo fogo

outra arma

ele carrega a arma até a vila

eu me agacho atrás de uma árvore e o amigo magro fica perto de mim e pergunta *o quê*

o homem do chicote se vira e diz *shh* e vai até a pilha de lixo perto das barracas e acende o fogo e segura contra o lixo que vira pedacinhos de fogo também

ele se agacha e vai até o papelão do lado de fora da tenda do jovem e acende o fogo novamente de sua caixinha de metal e o papelão fica brilhante

o homem do chicote fecha a caixa de metal e corre até o amigo magro

vou defumar eles diz o homem do chicote e dá um tapinha nas costas do amigo magro e eles vão embora rápido fazendo sons de risadas nervosas

ra ra ra ra

vejo o fogo lamber as tendas e ouço meu pessoal acordar

o casal do meio faz barulhos abafados

uma faísca salta para o mato no pé de uma árvore e as chamas sobem e iluminam tudo

isso é uma grande coisa

a mulher do casal sai correndo da barraca com seu cachorro e o homem segue e joga uma mochila para ela que se vira e olha as chamas e o homem vai e puxa o velho na barraca da esquerda que sai cambaleando para trás e se inclina em uma árvore bem ao meu lado tossindo

a mulher grita *santo* e pega um balde e o joga para ele que pega e sobe o morro correndo em direção à bomba de água

o cachorro passa latindo por mim e desaparece de vista e eles não tentam perseguir ele

a mulher balança a mão da cabeça ao coração e de um ombro a outro

o papelão perto da barraca da direita queima rápido e o fogo consome a barraca do jovem e quando ele sai suas pernas e seu braço estão pegando fogo

o velho e a mulher não se mexem então eu me movo

passo por eles e vou para a tenda direita e salto sobre o jovem o derrubando de costas no chão e bato na jaqueta dele onde está o fogo e o apago e agarro seu colarinho com os dentes e o puxo para longe do papelão que está quase acabando e a barraca que está em chamas e bato com as patas dessa vez em suas pernas e um fogo se apaga e o outro não e sua boca está aberta ele provavelmente está gritando mas só ouço o crepitar das árvores queimando e está mais quente do que posso suportar

eu não quero que minha história termine aqui

eu rolo o jovem de frente e depois de costas tentando cobrir sua perna em chamas com terra algo me atinge

o velho joga outra pedra e esta atinge o jovem mas vejo que ele está mirando na minha cara

a mulher grita *aguas* e pega um galho grande do chão e dá um passo à frente e brande o galho contra mim e outra pedra do velho acerta minha orelha

o homem volta segurando seu balde e quando me vê ele o deixa cair e a água escorre e lágrimas enchem seus olhos o balde é muito pequeno e as chamas estão quase acabando de destruir nossa vila

o graveto e mais pedras vêm em minha direção através da fumaça e sinto uma delas quicar com força na minha espinha

o fogo do jovem se apagou agora mas ele está chorando de dor

eu saio de cima dele e me viro e fujo do meu pessoal

fujo de sua tragédia em direção às luzes de uma pior

as chamas sobem até o topo das árvores atrás de mim e as colinas à minha frente refletem o brilho e também poderiam estar queimando

o fogo é o único futuro

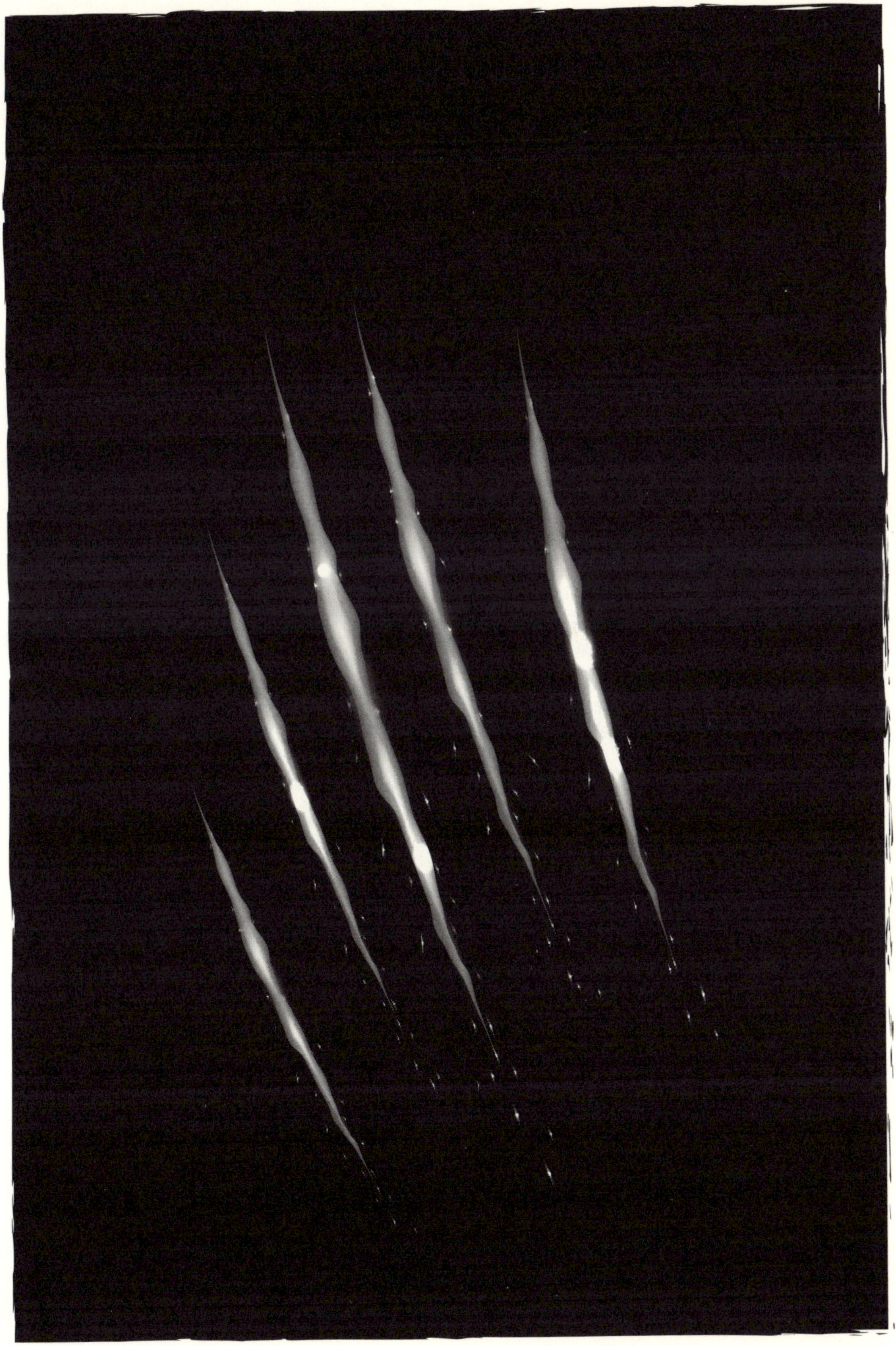

o incêndio está
atrás de mim
mas a fumaça
está por toda
a parte

sem sol ou lua eu não sei quando termina o dia ou começa a noite

não sei dizer há quanto tempo estou caminhando

andando não correndo porque não consigo mais ver o que está bem na minha frente e não consigo me ver

eu poderia ser outra coisa eu poderia ser um cervo ou até mesmo uma pessoa

mas não um pássaro porque um pássaro poderia voar para além da fumaça

eu não consigo cantar

meus pulmões estão cheios de feiura

olho para baixo e não vejo minhas patas

a qualquer segundo eu poderia cair de um penhasco

acho que sempre me senti assim

a fumaça deixa isso claro

hoje

amanhã

ou

ontem

meu estômago está completamente vazio

minha fome se junta à tosse e paro de andar para rastejar

vozes vêm até mim através da fumaça

ah ele piorou muito diz uma voz *desde a eleição ele fica em frente à tv vinte e quatro horas por dia e só vê ce ene ene de manhã até à noite e finge que isso o chateia mas acho que ele adora e que gosta das piadas e do ódio e do caos quero dizer acho que ele secretamente ou reprimidamente ama o cara sabe e ama toda a cobertura ininterrupta da mídia*

sim diz outra voz *ele quer foder o presidente*

eu sei que essas vozes são uma memória e não um acontecimento presente

me mover não parece valer a pena então eu paro e deito com meu não corpo e espero que algo mude

as vozes da memória me deixam e a fumaça fica e eu fecho os olhos

imagino os homens na caverna mas eles estão pegando fogo e eu estou fugindo deles

hoje
amanhã
ou
ontem

o vento muda de direção e eu recupero o controle do meu corpo

coloco uma pata na frente da outra

no ar queimado mas livre sou a única criatura que ainda vive

chego a uma clareira onde há um cobertor xadrez estendido e uma cesta virada

coisas deixadas por pessoas em fuga

a cesta está vazia

cavo uma lata derrubada ali perto mas só há plástico e mais plástico

está no chão também

não tenho certeza de como ter um corpo novamente depois de o perder e meu desejo vai em todas as direções

está lento e faminto e querendo se conectar

porra

descendo a colina da clareira há uma rua e perto dessa rua há uma tenda redonda gigante sem laterais

embaixo eu vejo animais

eu me aproximo e vejo que os animais estão congelados

não por medo

de mim

mas porque eles são falsos

eles são pintados e duros e estão organizados em círculo

há um cervo e um cavalo branco com chifre e um felino grande com uma nuvem de cabelo de fogo em volta da boca aberta

eles estão empalados e eu vou ficar com eles e esperar meu próprio empalamento

a vara caindo de cima e me apunhalando e me segurando no lugar

me dando propósito

é o meio do dia e estou no meio de um campo mas não sinto que estou em exposição

que pessoa entraria em um mundo incinerado

sigo a rua e aproveito o silêncio mortal de um parque abandonado por tudo que voa e grita até que um som me para

ele é fraco mas assustador

um rugido interminável que eu nunca poderia esquecer

outra longa morte

eu me agacho perto de uma árvore e espero o sol se pôr
às minhas costas para ter certeza de que estou de frente
para o lado certo e sim estou de frente para o lado certo
e isso significa que o parque tem um fim e não há mais
escapatória

não posso fazer outra travessia

não vou morrer com o estômago vazio

que bem isso faria

esta noite

posso sentir

o cheiro de

tantos animais

que fico com

raiva

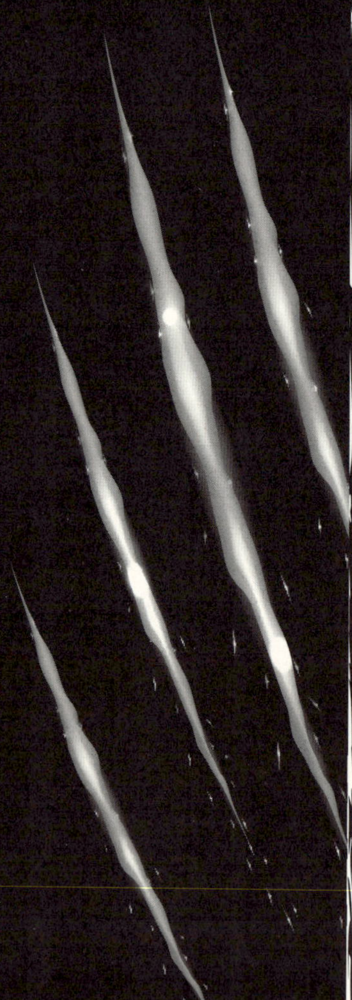

bastou uma curta caminhada morro abaixo para sentir o cheiro deles

eu nunca mais irei em direção ao nascer do sol

ou ao pôr do sol

e as montanhas ficam morro acima então meu nariz me leva rumo à única direção possível

e isso me leva ao fedor e a uma parede de postes de metal tão alta que minha cabeça nem consegue olhar

imagino que os animais que cheiro estejam empalados aqui também

vivos desta vez não falsos vivos e pingando sangue que eu possa lamber e lamber do metal

em vez disso os postes estão limpos e não consigo passar por entre eles

vou ao topo de uma colina onde as fileiras de postes terminam e salto para um caminho duro entre árvores estranhas de uma espécie que não cresce do outro lado da parede

o uivo começa

agora esses animais podem sentir o meu cheiro também

vejo uma poça profunda de água azul eu corro em direção a ela e deixo minha língua de fora para lamber vejo uma poça funda de água azul e corro até ela e ponho a língua para fora para beber

mas minha língua e meu rosto param numa parede dura

uma parede que me permite ver mas não passar por ela

tudo que posso provar são impressões digitais de pessoas

há animais peludos se contorcendo e nadando na água do outro lado

corpos ansiosos que não sabem que não os alcanço

eu me viro e sigo o caminho até que bato em outra parede transparente

atrás dela há uma sombra de deus empoleirada em um membro rachado

suas asas se abrem mais largas que as de três abutres juntos

a sombra de deus se agita e eu rezo para que ela voe e encontre uma coisa morta e circule e me mostre onde ela está apodrecendo estou com tanta fome que comeria a coisa mais podre a coisa mais morta

o pássaro olha para cima e em seus olhos vejo uma rede esticada no céu noturno

ele não vai a lugar nenhum

o que é este lugar

a cada dez passos que dou me encontro em uma nova rede ou em uma nova parede transparente e há um novo animal em algum lugar atrás dela e conforme eu passo ouço algum grito ou farfalhar

meus sentidos não conseguem acompanhar

eu pulo em uma parede baixa de pedra e sinto um cheiro que se parece com o meu mas é diferente

olho para baixo nesta nova área e percebo que ela não tem rede ou parede transparente apenas fica muito lá no fundo

há olhos de felino perto de um pequeno riacho abaixo e esses olhos encontram os meus e julgam meu poder

esse grande felino tem listras subindo e descendo pelo corpo como marcas de garras como se tivesse sido retalhado

há água pingando de sua boca como um desafio para eu pular e beber

sei que esse olhar é o olhar que um coiote me lança quando sabe que há outros coiotes escondidos no mato ou circulando atrás de mim

deixo a visão maligna do grande felino

espero que se divirta em sua jaula

eu vou te mostrar um predador

além de um lago verde bem escuro de onde nem eu beberia
minhas narinas sentem um perfume irresistível

pequeno e doente e assustado

três dos meus sabores favoritos

eu pulo outra parede e percebo que essa área não é tão profunda então vou em direção ao cheiro

uma coisa gorda e peluda e cinza agarra uma árvore e estende sua pequena língua estranha e antes que seu grito atinja meus ouvidos meus dentes atingem seu pescoço e eu o puxo para o chão e acabo com sua vida e minha fome

sinto um gosto ruim a cada mordida

o corpo lentamente se transforma em ossos e agora estou só

um holofote atinge o chão ao meu lado e o sangue em minhas patas brilha e eu engasgo

há pessoas a caminho

elas não vão entender

as pessoas não precisam matar coisas como eu

eu pulo o mais alto que meu corpo estufado permite e subo até o topo da parede

uma voz grita *minha nossa kiki*

uma mulher de chapéu entra pelo portão abaixo de mim e acena para um homem

eles ficam sobre os ossos que deixei e a mulher diz para os ossos *pobre kiki*

me desculpe kiki

eles não deveriam ter te dado um nome

o homem aponta para mim e lembro que não sou invisível

correr faz minha cabeça doer mas eu corro mesmo assim

há pessoas gritando ao meu redor

mais nomes

e continuo correndo de encontro às luzes de élei

ainda que eu
saia do parque
o parque não
sai de

mim

o cheiro de queimado está no meu pelo e no meu nariz e as árvores continuam e se dividem pela rua curva e se estendem altas dos dois lados e eu escolho o lado com mais verde e abraço as sebes e tento ir rápido

há aqui edifícios muito maiores e mais firmes do que as tendas da vila e suas portas são duras e nada macias

eles são quase tão altos quanto as árvores

ouço um carro se aproximando e me escondo atrás de uma cerca viva espessa

dois homens saem do carro e fazem barulho com varas compridas que terminam em lâminas giratórias como pequenos malditos helicópteros e ficam do outro lado da rua

arrastam as lâminas pelas sebes fazendo voar pedaços do gramado

é tão verde aqui

como isso é possível

eu me enterro mais fundo caso os homens se cansem de sua cerca e ataquem a minha

mas não o fazem

quando os giratórios vão embora eu olho ao redor e avisto dois pequenos caminhantes um homem e uma mulher que conheço do parque

eles passam por cima das enormes raízes que surgem do chão no caminho colina acima

será que não entendem que o parque não é mais seguro

param na minha frente como se tivessem ouvido meus pensamentos ou meu aviso

você sabe quem mora lá diz a mulher e aponta para o outro lado da rua para o prédio além da cerca viva aparada *essa é a casa do islórer*

o homem toma um grande gole de sua garrafa de água e diz *ah porra eu adoro o islórer sabe eu adorava ele esse cara é uma lenda*

sim diz a mulher *mas a esposa dele é mais nova que você*

que *nojento* diz o homem

nojento é diz a mulher *mas também é totalmente típico*

eles continuam subindo a colina em direção ao perigo e não há nada que eu possa fazer para impedir

eu olho para a casa que eles apontaram

o nome islórer parece ok para mim

sei que significa matança que é algo que eu poderia fazer

parece um lugar ao qual pertenço

eu cochilo até a noite e desperto com um carro ganhando vida e saindo da frente da casa do tal islórer

as luzes do carro me cegam por um segundo e quando consigo enxergar novamente atravesso a rua e rastejo pela sebe aparada até a grama verde e espessa

a água espirra de pequenos buracos no chão e eu bebo até ouvir outro carro

corro pela lateral da casa até uma área gramada ainda maior nos fundos

chegando lá eu avisto uma garota de joelhos usando uma capa e iluminada por uma lanterna azul em um círculo de pedras brilhantes e ela segura uma tigela que solta fumaça no ar

ela coloca a tigela no chão à sua frente e abaixa a cabeça para que a capa cubra tudo exceto seus longos cabelos que se espalham e lambem a grama como uma chama

é uma cor que eu não pensei que pudesse ver até agora

ela mantém a cabeça baixa e eu passo sorrateiramente e abraço a beirada da casa

posso ouvir ela sussurrando

virando outra esquina encontro um buraco na pedra cinza e dura onde falta um pedaço que é grande o suficiente para o meu corpo então eu o aperto ali dentro

tenho de manter a cabeça baixa mas sinto cheiro de ratos e rastejo na terra em direção ao cheiro deles e ao som de movimento

um rato e um bando de ratos bebês correm em direção à minha boca que os come

com o estômago cheio eu continuo rastejando e quanto mais fundo percorro sob a casa do tal islórer mais a sujeira afunda e maior se torna o espaço acima de mim

há outro buraco do meu tamanho em outra camada de pedra cinza e do outro lado deste buraco eu posso me erguer totalmente

o chão se inclina para uma vala e na borda dela há uma parede e no topo da parede há uma plataforma de madeira com uma grade de madeira e uma porta e além da porta há luz

eu absorvo tudo

este é o meu primeiro quarto

há um cano pingando de um lado da vala e ele me dá toda a água que eu poderia querer

eu durmo pelo que parecem dias aqui neste lugar escuro
e seguro onde o sol não nasce nem se põe

ratos confusos voltam do mundo exterior e correm pelo
espaço baixo até minha vala e antes mesmo de me verem
eu os prendo em minhas mandíbulas

nada nunca foi tão fácil

eu esqueço o cheiro da floresta em chamas

meu pelo cheira a terra novamente

meus ouvidos escutam o gotejamento e o clique dos insetos
e então gritos

a voz profunda de um homem vinda de algum lugar
acima

imagino que seja o islórer

volto pelo buraco para o espaço baixo onde minha cabeça
toca a superfície acima de mim e meus ouvidos ficam
próximos do interior da casa e a voz fica mais entendível

o melhor volume para ouvir as pessoas é aquele abafado
pelo chão

tudo correu bem diz islórer *eles só vão a manter lá por
alguns dias até terem certeza de que tudo está bem*

por um momento eu ouço islórer ouvindo algo

sim quero dizer tenho certeza de que ele está bem ele está vivo ele é um bebê

sigo os passos do islórer até a borda do espaço baixo

islórer bate na parede e diz um nome curto

eu ouço outra voz e algo nela soa como a de islórer mas mais alta e mais jovem

como filhote de islórer

a voz diz *papai* e o jeito com que diz *papai* é o jeito que a maioria das pessoas diz não

eu me enrolo e deixo os gritos saltitantes se tornarem minha canção de ninar

eles são o meu novo pessoal

só não sabem disso

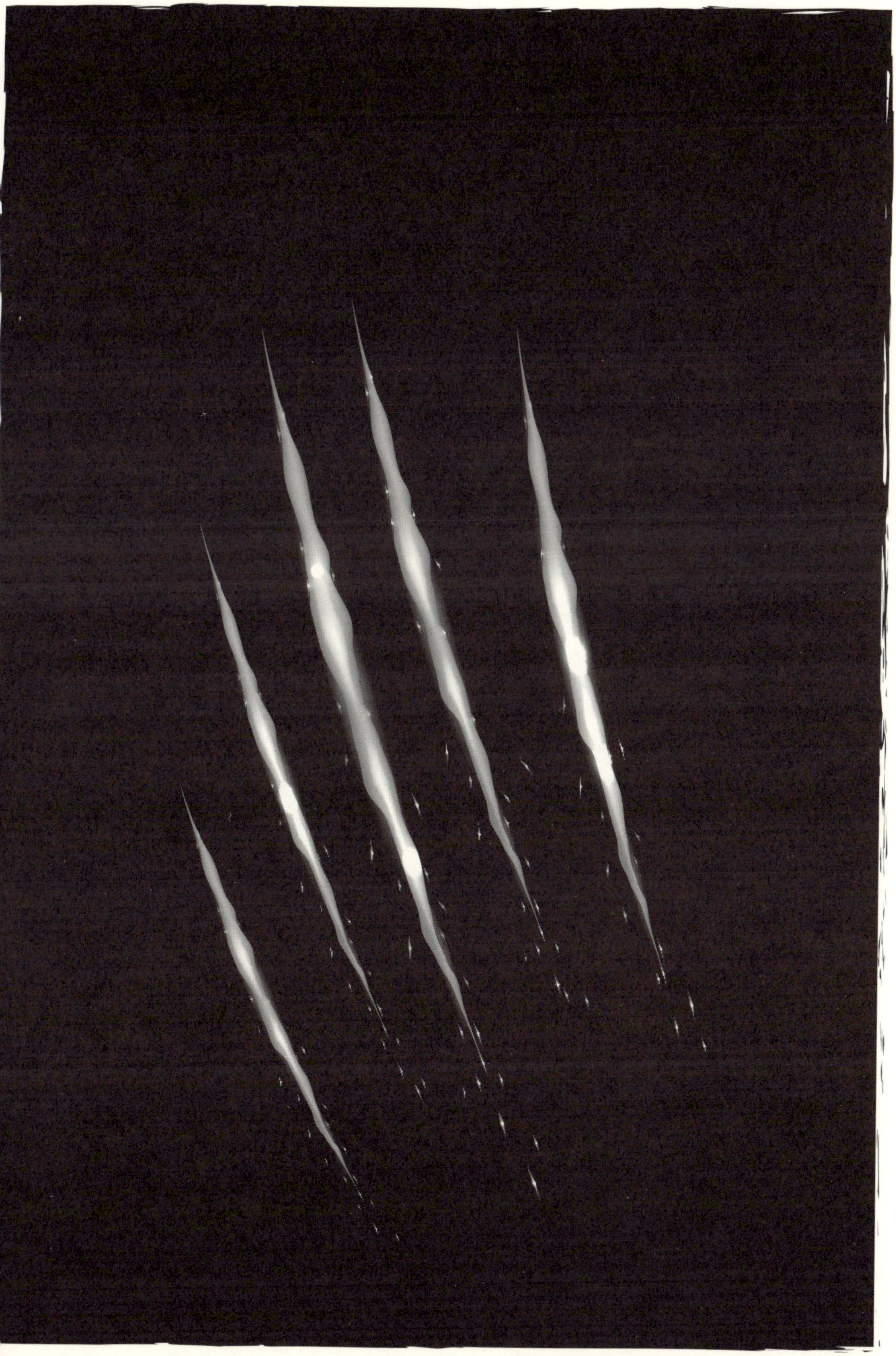

há luz solar

saindo da

fresta

no fundo

da casa

então sei que é dia

islórer continua gritando

as pessoas fazem barulho durante o dia e silêncio à noite

eu rolo de costas e ouço islórer enquanto ele anda em círculo no andar de cima e sei mesmo sem ver que ele está ao celular porque ele age como todos no parque quando seguram seus celulares nos ouvidos ou falam em seus fios

não se preocupe estamos bem a casa está fora da zona de risco e de qualquer forma já apagaram tudo diz islórer *mas você viu que eles descobriram que o incêndio começou em um acampamento de moradores de rua não é*

islórer faz silêncio e eu ouço o som de uma garrafa batendo em algum metal e então ele diz *isso é o que acontece quando nós os deixamos morar lá em cima e ninguém faz nada a respeito*

sua voz não me deixa cair no sono

mas islórer me conforta

porque se os ratos acabarem posso simplesmente comer ele

a luz deixa a fresta e um gambá aparece e faz o que os gambás fazem eu o agarro e o torno meu e o arrasto de volta para minha vala e abocanho suas entranhas

o gosto é bom mas os passos fortes e batidas acima desviam minha atenção da refeição e volto ao meu quarto

islórer diz *tudo bem estou indo ao hospital agora é sua última chance* e então ele pergunta *você não vem*

islórer diz *tudo bem você não vem*

islórer diz *não venha*

uma porta bate e em seguida outra

a voz de uma mulher ecoa pelo chão

não é uma mulher de verdade mas sim uma voz gravada cantando ao lado de música e batidas

ela canta *living alone is all I've ever done well*

volto para o meu gambá mas antes que eu possa morder algo mais importante acontece

a porta acima de mim se abre

uma abertura estreita possibilita uma passagem de luz

uma pessoa sobe na plataforma de madeira com um pequeno pedaço de pau na boca a pequena islórer sopra uma fumaça que enche o ar e oculta seu rosto

tudo o que vejo é o cabelo flamejante do quintal

ela não está mais usando capa apenas uma camisa grande

quando a nuvem se dissipa ela está olhando diretamente para mim

ao longo da minha vida poucas foram as vezes em que pessoas me viram e nessas vezes senti que falhei na minha discrição e na aplicação das lições de mamãe

mas este momento não é como aqueles

meu olhar encontra o dela e não sinto culpa

não há sequer um sopro de medo

eu chamei você diz a pequena islórer

e aos nossos olhos parece certo

fique pede a pequena islórer e eu obedeço

ela sai pela porta e um momento depois a música cessa e eu percebo que estou esperando ela voltar

ela volta com um punhado de gosma picada e a joga para mim

deixo meu gambá e vou até a gosma eu a cheiro e percebo que é carne então a lambo e penso em como está gostosa

aí está écati diz a pequena islórer e então ela continua *eca*

ela limpa a mão na camisa

sou vegana diz a pequena islórer *ou estou tentando ser*

enquanto como mantenho meus olhos nela

gostaria de agradecer

boa menina écati diz a pequena islórer *estou muito feliz que você esteja aqui*

ela se ajoelha e me observa mastigar e penso como foi fácil obter essa comida não caçada

eu amo isso

um tempo passa

e ouço islórer

entrar e gritar

e depois sair

de novo

assim que ele sai a pequena islórer vem me visitar

bom dia écati ela diz e me joga carne

sua oferta diária

ela estende uma garrafa grande de água e derrama então vou até o gotejamento e bebo e a pequena islórer sorri em resposta sem parar de derramar até que a garrafa esteja vazia e conforme o recipiente mata minha sede eu entendo por que os caminhantes o carregam

tento entender a palavra que ela fica repetindo *écati* e depois de alguns dias recebendo comida percebo que ela me deu um nome

écati

eu vou aceitar

não posso contar a ela o meu verdadeiro

minha mãe me deu meu nome quando me viu lamber sangue dos lábios pela primeira vez

mas ele não pode ser proferido com barulhos que uma pessoa pode fazer

agora que
meu suprimento
é infinito
o céu decide
chover

eu vejo o líquido escorrer pela fenda no meu canto e a terra abaixo de mim se transforma em lama e pequenas poças se formam

minha falta de sede me faz odiar a água então saio do meu canto e quando chego à minha vala vejo as poças desaguando nela

minhas patas ficam molhadas e depois minhas pernas e então minhas partes penduradas e minha barriga

cada vez que me sacudo na tentativa de me secar mais água me atinge

eu agarro as bordas da vala mas mal consigo me segurar e cada novo movimento parece inútil

onde estava essa água quando precisávamos dela

quando poderia ter nos ajudado

minhas patas encontram um ponto seco e eu saio da vala

o peso da água no meu pelo me desgasta e eu encontro um canto mais seco então me enrolo e deixo o ritmo das gotas me adormecer eu desperto

porque

estou me

afogando

a água está acima da minha cabeça e não há superfície seca no chão

eu chuto a parede e rolo de costas então flutuo e expilo a água do meu nariz e respiro fundo mas há água demais em meu pelo para eu ficar na superfície e assim ela me puxa para o fundo

em meio à água escura avisto a fresta que leva ao meu canto mas também está debaixo da água

não há como sair

penso nas criaturas que vi nadando e tento imitar seus movimentos com as patas dianteiras

a água espirra mas eu não me levanto

a cada batida na água penso nas decisões ruins que me trouxeram a este momento

vejo minha mãe deitada imóvel sob meu pai e o grande felino deitado imóvel ao lado da longa morte e meu corpo imóvel na enchente

com meu último suspiro eu penso nas palavras por favor

me deixe começar de novo

um objeto duro

atinge as

minhas costas

então eu

subo nele

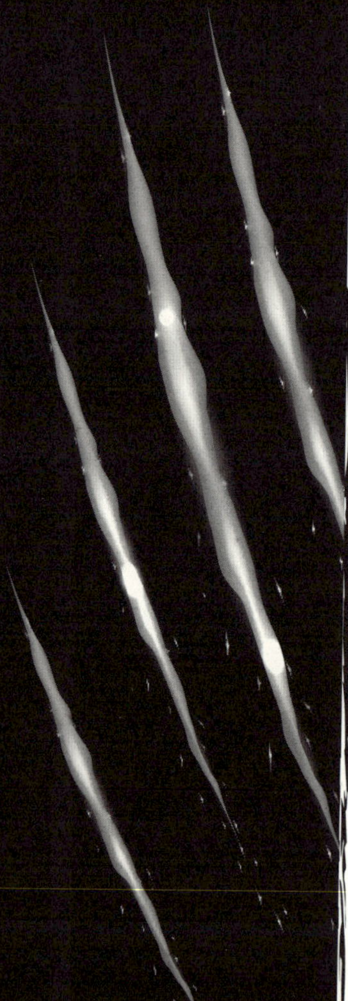

é uma prancha de madeira subindo como uma rampa para a plataforma e o corrimão acima

dou três passos e salto para a plataforma derrubando a pequena islórer que solta a prancha

eu me agacho e tusso água então a pequena islórer diz *shh* e agarra meu pelo molhado e continua *shh está tudo bem écati estou aqui*

ela me leva por um espaço longo e estreito até uma sala iluminada e coloca um pano macio no chão então me envolve nele e me rola de costas e tudo se torna um borrão como se minha cabeça ainda estivesse debaixo d'água

tudo o que consigo ver é a camisa grande da pequena islórer

há na camisa um animal amarelo com pescoço comprido e eu estendo a pata e o toco

a pequena islórer diz *ah isso é bobagem um amigo me deu de aniversário*

ela segura minha pata e a move lentamente pelo que está escrito abaixo do animal de pescoço comprido e diz *aqui diz* então ela fala comigo devagar na voz que as pessoas usam quando estão lendo em voz alta

nem todas as girafas são reais

a chuva está parando diz a pequena islórer

como já me sequei tento ficar de pé e consigo

a pequena islórer diz *me desculpa você teve que ficar no porão e eu nem sei como é porque a casa foi construída na colina mas você está aqui agora e este é o nosso espaço*

meus olhos voltaram ao normal então olho ao redor da sala para o chão macio e os salpicos de cor nas paredes e o verde do outro lado das grandes placas de vidro

a pequena islórer diz *papai nunca vem aqui*

há outro felino grande do outro lado da sala

ah diz a pequena islórer que se move rumo ao felino eu a sigo e ele se aproxima

chegamos a uma parede dura e vejo que há duas dela então empurro meu rosto contra o felino duro e achatado

é apenas o seu reflexo esclarece a pequena islórer

há muito mais de mim aqui do que o nariz e a boca que vejo nas telas pretas dos telefones caídos

eu não posso me tocar

a pequena islórer traz uma caixa de areia esquisita e a coloca no canto e diz *você deve fazer suas necessidades aqui* não sei o que ela quer dizer mas arrisco e faço xixi e cocô na areia e enterro e percebo que é isso o que ela quer então a observo tirar a caixa do quarto e a trazer limpa

isso costumava ser para o meu gato diz a pequena islórer *mas ele morreu há dois anos e papai não me deixa comprar outro porque beth é alérgica a tipo todos os animais*

a pequena islórer me mostra o sofá dela e me diz que agora é meu então eu pulo nele e percebo que é exatamente do meu tamanho

ela fala e eu ouço

eu aprendo sobre a saudade

aprendo a maioria das minhas novas palavras com ela

ela faz um círculo de pedras brilhantes ao redor do meu sofá se ajoelha e me alimenta com a palma da mão estendida e me chama de deusa

caso se sinta só no mundo

encontre alguém para adorar você

a pequena islórer
dorme à noite
e eu de dia
e assim nós
revezamos
quem cuida
de quem

ela passa a maior parte do tempo acordada usando o celular

rindo sozinha e pressionando a superfície com os dedos

ela segura a tela na minha cara e diz *olha écati eu encontrei uma foto sua você é famosa*

eu olho e vejo apenas um borrão brilhante

o celular estremece em sua mão

ugh diz a pequena islórer *esse cara continua me mandando mensagens ele pensa que só porque nos encontramos três vezes desde a formatura estamos destinados a ficar juntos ou algo assim mas eu não acredito em coincidências ele pode ir pro inferno*

ela joga o celular longe então vou buscar e ela percebe e ri então diz *deixa isso pra lá*

eu olho novamente para a foto

isso não pode ser eu porque nem cheiro tem

não confio nas telas para me dizerem quem eu sou

me desculpe écati diz a pequena islórer enquanto me alimenta com uma maçã porque eu comi maçãs suficientes *papai não foi às compras porque ele está sempre no hospital então estou ficando sem carne para você*

mesmo aqui sofremos a tal nessa cidade

eles vão trazer o bebê para casa amanhã diz a pequena islórer e o jeito com que ela diz bebê me faz pensar se talvez ela queira me oferecer o bebê na próxima refeição

ela diz *aconteça o que acontecer eu irei embora em breve o papai ficará feliz e a beth emocionada por eles poderem ser felizes aqui com o bebê*

eu rolo de lado no sofá e ela senta comigo e esfrega minha cabeça como as pessoas do parque fazem com seus cachorros

eu sou um animal de estimação

ela diz *no mês que vem vou a santa fei tirar umas fotos lá há muitas bruxas no deserto então mal posso esperar para ir o mais longe possível depois vou trabalhar na fronteira e fotografar a realidade mas para isso preciso melhorar meu espanhol*

ela me diz palavras em espanhol

denada

gato

agua

na minha cabeça é só linguagem de pessoas

a pequena islórer diz *você pode vir comigo e comer gelo*

enquanto ela está dormindo eu avisto um pequeno par de olhos na escuridão lá fora

é um felino

não consigo sentir o cheiro mas posso ver sangue em sua boquinha vindo de uma morte recente

o felino olha através do vidro e através de mim

como se perguntando por que não estou caçando e por que estou aqui

por que essa pessoa não é minha presa

minha boca se abre e posso ouvir o sangue que percorre a pequena islórer

ela acorda e se levanta então os olhos do felino desaparecem

ela pergunta se estou confortável

aquela pequena palavra

sim

e não

eu lambo minhas patas e a pequena islórer lê para mim algo do celular dela

fatos sobre grandes felinos

ela diz *vocês estão ficando cada vez mais isolados uns dos outros por causa das pessoas*

ela diz *desculpa*

ela lê *o estresse crônico causado pelo cativeiro pode resultar em baixas taxas reprodutivas*

a pequena islórer acaricia minhas costas e me conta sobre minha mordida característica no pescoço

me sinto mais do que nunca um ser humano porque estou começando a me odiar

olho em volta para o espaço que tenho e penso em todos os outros espaços desta casa e em todas as casas desta rua e em toda élei e penso como as pessoas da minha vila poderiam estar aqui também

em vez de queimando na floresta

este é meu segundo quarto

e é muito melhor que o primeiro

aqui também não é o meu lugar

o bebê chega
em casa e
chora a maior
parte do dia
e da noite
do outro lado
da nossa

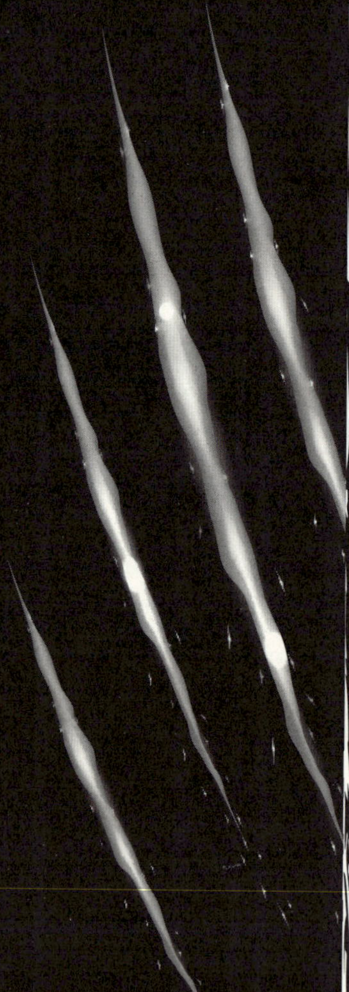

parede

os gritos de islórer também chegam e junto com eles a vozinha de uma mulher que suaviza apenas por um curto período de tempo a gritaria de islórer

nós valorizamos as pausas

numa longa pausa recebo um frango trazido escondido pela pequena islórer que passa a noite me contando sobre um lugar chamado diznei

ela diz que quer me levar lá

você adoraria a diznei diz a pequena islórer *há animais por toda parte e tudo o que precisamos fazer é entrar em um carro e pegar a rodovia e colocar o pé no acelerador e estaremos lá*

fecho os olhos e imagens aparecem

eu costumava querer trabalhar na diznei diz a pequena islórer *se eu trabalhasse lá seria a rainha má na versão bruxa velha então eu sairia por aí assustando crianças e essas coisas*

adormeço e tenho meu primeiro sonho desde antes do incêndio

quando desperto

sinto o meu

corpo se mover

mais rápido

do que

nunca

como se pisando no acelerador

meus olhos se abrem e a distância borrada permanece imóvel mas o mundo do lado de fora do carro passa a uma velocidade inacreditável

minhas patas estão no painel e o resto do meu corpo no banco do passageiro

ao virar a cabeça vejo a pequena islórer sorrir e então a sinto esfregar minhas costas enquanto dirige

o meu corpo é muito maior que o dela e ocupa toda a parte direita da frente do carro

se anima écati pede ela *estamos a caminho da diznei*

ela para de me esfregar e segura o volante com as duas mãos

esta é a longa morte vista de dentro

eu olho pela janela e penso ver o corpo do grande felino mas logo percebo que é só um saco

quando outros carros passam vejo as pessoas virando a cabeça e sorrindo e as crianças encostando as mãozinhas e os rostos no vidro e gritando silenciosamente

é *seu aniversário* diz a pequena islórer *você está fazendo cinco anos e isso é tipo trinta e cinco na idade dos felinos este é o seu auge*

está estranhamente silencioso no carro como se estivéssemos em uma bolha protegida da velocidade do mundo lá fora

o mundo lá fora desacelera e o carro segue estrada adiante deixando a longa morte para trás

e *chegamos* diz a pequena islórer

ela estaciona ao lado de um monte de outros carros então pula e corre para abrir a minha porta derrubando o meu corpo grande mas logo me encontro de quatro novamente observando crianças e adultos e mais pessoas do que eu já imaginei ver saindo de seus carros e um formigueiro de pés se movendo em direção à luz do sol

a pequena islórer bate palmas e olho para cima e vejo que ela está usando um macacão azul brilhante e orelhas de rato

será que ela se trocou ou

entramos no formigueiro de pés e descemos escadas rolantes e uma calçada polida e eu corro ao lado dela

sinto um cheiro de algo tão diferente que é difícil descrever então quando paramos e a multidão forma uma longa e lenta fila percebo que não é um cheiro que sinto é um que eu não sinto

ninguém sente medo

chegamos a uma catraca e começo a passar por baixo dela mas uma mulher pede *espera*

a pequena islórer sorri para a mulher que sorri de volta

isso é um animal de serviço ou apoio pergunta a mulher

sim é meu apoio emocional diz a pequena islórer *eu tenho os papéis dela aqui*

ela coloca a mão no bolso do macacão mas a mulher diz *não precisa tá tudo bem*

a mulher levanta minha pata e pressiona suavemente um pequeno objeto de madeira contra ela

este é o seu carimbo de mão para reentrada caso você saia do parque diz a mulher

ah não vamos diz a pequena islórer *mas obrigada* e ela move minha pata e leva um carimbo na própria mão

agora uma foto rápida diz a mulher e a pequena islórer vira o rosto e ouço um clique elétrico vindo do aparelho

agora é a vez dela diz a mulher e a pequena islórer agarra meu pescoço e inclina meu rosto para cima e diz *sorria para a foto écati* e eu sorrio

a única vez em que um felino já fez isso

atrás dos portões há música e vozes por toda parte

há outros animais alguns grandes com pelo macio e rostos e percebo que eles ficam de pé e se abraçam e se misturam com as pessoas cada uma com as próprias orelhas e chapéus e objetos brilhantes e ninguém me estranha

algumas crianças vêm e a pequena islórer permite que me acariciem e quando elas dizem *que gracinha* a pequena islórer responde *está fazendo aniversário hoje* e as crianças amarram uma fita de aniversário no meu pescoço e andamos juntos pela larga rua principal

há um banco debaixo de um castelo e a pequena islórer me senta lá e diz *fica aqui*

eu obedeço e aproveito minha quietude em meio ao movimento ao meu redor

assim que sinto fome a comida aparece

uma enorme perna de pássaro é o que a pequena islórer me oferece e percebo que ela tem a própria então ela se senta no banco e come a carne gorda

olho em volta e vejo pessoas comendo essas carnes grandes e feias também então eu babo e mastigo e faço o mesmo

que banquete sangrento

é o oposto de nessa cidade

você deve ter essa altura para ir nos brinquedos diz a pequena islórer com voz de leitura

ela fica ao lado de uma vara no ar e estende a mão para medir sua altura

fica em pé écati pede ela e eu me levanto como os outros animais grandes na diznei e vejo que agora meu pescoço está acima da vara

sou um bom apoio emocional terei a altura ideal para ela

perfeito diz a pequena islórer e corremos para a frente da fila chegando lá pessoas nos amarram em um tronco onde água espirra pelas laterais e a pequena islórer agarra minhas costas e o passeio começa

há não só escuridão e cor mas também animais cantando e sendo torturados e cada vez que passamos por um penhasco meu estômago bate na garganta e me sinto incrível

quando saímos do passeio noto que há muita água então eu me sacudo e todos ao nosso redor gritam e aproveitam a água que cai

olha écati estamos ali diz a pequena islórer apontando para uma tela onde enxergo claramente que estamos descendo o grande penhasco e a pequena islórer está com as mãos para cima bloqueando o rosto das pessoas atrás de nós e eu pareço sentir muito medo da minha própria felicidade *eu amei as fotos* diz a pequena islórer *por causa delas mesmo se partirmos ainda estaremos aqui*

esperamos em fila com estátuas de madeira brilhantes ao nosso redor

isso me lembra a floresta porque durante minha infância eu adorava a luz do sol e havia mais verde do que jamais haverá novamente

isso não é só incrível diz a pequena islórer *é minha coisa favorita no mundo*

as estátuas de madeira brilhantes tremem e fazem barulho

aquela é a deusa do fogo diz a pequena islórer enquanto avançamos

e esta causa terremotos

ela toca um galho e ele canta

estas árvores estão vivas e são falsas

a fila se move novamente e a pequena islórer contempla sua coisa favorita no mundo

é amarelo e frio e ela segura um para cada e quando lambe o dela diz *hmmmm* e me estende o meu mas bem alto e diz *écati se você quiser isso você precisa ficar de pé* eu obedeço e como mágica estou totalmente de pé lambendo também meu corpo está mais alto que o da pequena islórer agora

andamos por mais florestas falsas e reais e ingressamos numa fantasia

o dia se transforma em noite e as luzes do castelo se acendem e mais transformações acontecem

quando nos olhamos percebo que ela não está mais de macacão e orelhas de rato ela se trocou de novo enquanto eu não estava olhando agora ela está usando um vestido escuro e uma coroa de joias

estou sobre duas pernas e isso parece permanente

pareço uma pessoa em uma fantasia de felino

minhas patas pendem para os lados e estão prontas para agarrar

a pequena islórer diz *agora eu sou a rainha má e você é meu apoio emocional divino*

passamos por uma fila de pessoas se espremendo e avançando como se houvesse algo ótimo no final e quando chegamos ao fim vejo um trono e um sofá no topo de uma escada e sei que o trono é para a pequena islórer e o sofá é para mim

lá em cima é onde pertencemos

no topo da escada tomamos nossos lugares

a pequena islórer se senta e agarra os braços do trono como se tivesse nascido lá e eu me esparramo pela extensão do sofá arranhando o tecido e lambendo minhas patas até obter um polimento majestoso

as pessoas na fila vêm até nós e posam

um fotógrafo tira foto após foto e todos que chegam e ficam conosco sorriem porque sabem que as fotos significam que mesmo depois de partirem eles ainda estarão aqui

a fila se move mas permanece igualmente grande e se estende ao longe e pela primeira vez posso ver a distância em vez do borrão habitual e todo o caminho por cima dos edifícios da diznei e através das luzes distantes de élei também posso ver as montanhas escuras abaixo do letreiro de roliúdi onde acho que devo estar dormindo e sonhando com isso

porque como

mais flashes vêm da câmera e mais sorrisos vêm das pessoas reunidas ao nosso redor

a fita de aniversário em volta do meu pescoço incha e eu quero falar

então eu falo

ao som da minha voz as escadas mudam e começam a avançar

o trono e o sofá agora são o topo de um carro alegórico

animais fantasiados aparecem abrindo o desfile e nosso carro alegórico avança

a multidão lá embaixo parte para os dois lados da rua larga comemorando e tirando as próprias fotos e agitando suas enormes pernas de pássaro e girando seus bastões brilhantes

rosas e vermelhos como faíscas de sangue e pensamento

nosso pessoal nos enche de alegria quando chegamos ao final da rua principal e eu vejo a saída e penso não por favor não deixe isso acabar

o carro alegórico gira lentamente para que possamos voltar para onde viemos

olha para cima pede a pequena islórer *olha para cima*

eu inclino minha cabeça tonta para trás

fogos de artifício

os fogos de artifício explodem no formato do rosto da pequena islórer e do meu e no céu noturno estamos sorrindo exatamente como fizemos nas fotos que tiraram nas catracas

eu olho para o verdadeiro rosto da pequena islórer iluminado pelos fogos de artifício e ela esfrega minha cabeça uma tempestade de olhos vinda da multidão está sobre nós

eu levanto minha pata de deusa e aceno para eles que acenam de volta

estamos aqui écati vivemos isso diz a pequena islórer *estamos no lugar mais feliz do mundo*

nossos rostos do céu desmoronam e chovem e deixam fumaça

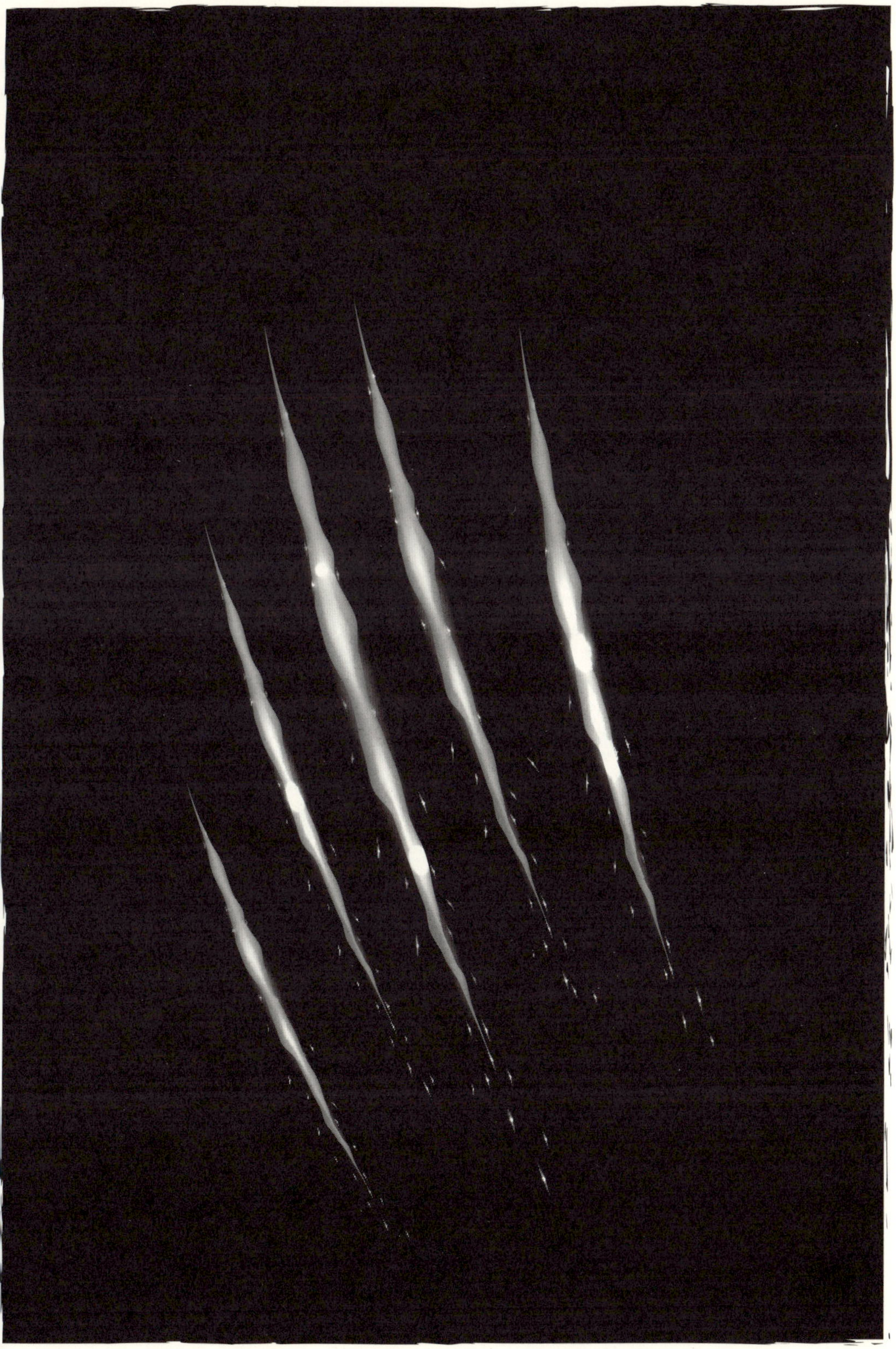

o grito

que invade

meus ouvidos

me faz notar

que estou

acordando

a diznei desapareceu e estou no quarto da pequena islórer

uma mulher está gritando na porta

ela engasga e então fica mais quieta do que eu pensava que uma pessoa poderia ficar

segura uma grande máquina de sucção no chão que emite um som muito intenso

de repente ela a desliza até mim com rapidez e força então atinge a mesa ao lado do meu sofá e o barulho de sucção cessa e a luminária cai no carpete quebrando em pedaços

quando olho para a mulher a vejo congelada como se esperasse que eu me movesse primeiro

para a satisfazer eu lambo uma pata

higiênica e tranquilamente

ela foge e eu ouço mais gritos dela e isso me faz sentir um poder e uma culpa do caralho

eu olho para a luminária em pedaços no chão

não posso consertar

não tenho ideia de como é ser uma pessoa se deparando com alguém como eu o carpete foi arruinado pelos cacos da luminária então desço do sofá e o arranho repetidas vezes até que paro na tentativa de colocar palavras no chão e me explicar

mas quando volto para o sofá e olho o resultado vejo tiras irregulares sem ordem ou significado

algum dia poderei escrever o que você está lendo

talvez em santa fei com a pequena islórer

contando cada palavra a ela

ou do outro lado do mundo e das colinas em chamas

em nova iorque com um terapeuta

talvez eu escreva de um futuro bom e seguro

ou talvez eu nunca escreva

apenas rosne

a pequena islórer entra no quarto que agora parece certo novamente com ela aqui

mas algo parece errado

merda merda diz ela *sinto muito écati esqueci que marie vem às segundas que mancada* ela se senta no sofá então eu pulo me deito e coloco minha cabeça em seu colo sinto ela me acariciar por um segundo antes de se levantar e me trocar por suas gavetas

ok ok só vamos ter que ir para santa fei mais cedo diz ela

posso ver a decisão em seus olhos e a maneira como ela pega uma mala e abre o zíper e todas as gavetas e coloca roupas e sapatos dentro da mala

o que você precisa écati é de comida muita comida tudo bem vai dar certo a pequena islórer diz e cada palavra fica mais rápida à medida que sai de sua boca

ela vem até mim e coloca a sua testa na minha

você não fez nada de errado diz ela *você é perfeita eu simplesmente estraguei tudo*

ouço o som de um carro lá fora e a pequena islórer congela como marie congelou quando me viu

sua vozinha de medo diz *papai chegou*

esse é islórer o homem não apenas islórer a voz

mas a voz entrou com ele e encheu o quarto

jane se afaste diz ele para a pequena islórer e a agarra e a puxa em direção à porta e ela o empurra e se aproxima de mim e ele grita *maldição me obedeça* islórer é menor do que eu esperava e só tem um pouquinho de cabelo que é branco ainda por cima

ele está segurando uma vara longa e lisa em um dos punhos e a aponta para mim

saia já de perto disso grita ele *jane venha aqui*

a pequena islórer coloca as mãos nos quadris e não se move

ele bate a porta e a tranca atrás de si e diz *beth está chamando a polícia jane isso é sério você precisa vir comigo*

o ar no quarto está quente com islórer aqui

é um puma jane diz ele *é um maldito puma*

então é isso que eu sou

a porta balança e bate

islórer achata seu corpo contra ela e verifica se está trancada

uma voz de mulher vem de trás da porta gritando *o que está acontecendo jack acabei de ver marie indo embora*

você chamou a polícia islórer grita na porta e a porta grita *ligar para eles e dizer o quê apenas vá ficar com o bebê* grita islórer e então ele se vira para a pequena islórer e *diz jesus jane o bebê o bebê está aqui*

eu e a pequena islórer estamos imóveis e poderíamos ser uma foto de tão imóveis que estamos

islórer olha ao redor da sala vê a luminária quebrada e a bagunça nas gavetas então diz a primeira coisa calma que o ouvi dizer *por que sua mochila está assim*

você quer criar um bebê pai tudo bem grita a pequena islórer *você quer namorar com uma novinha e eu posso aceitar isso mas eu também tenho a porra de um bebê agora*

eu não sou o problema agora grita islórer *você é o problema isto é o problema*

ele aponta a vara para mim e eu noto sua garganta

olha grita a pequena islórer *é meu puma e está tudo bem*

islórer segura a vara com as duas mãos e dá um passo à frente

a pequena islórer estende as mãos na frente dela como se isso aumentasse seu poder

ela não vai me morder diz a pequena islórer

ela coloca a cabeça na minha boca e eu não a mordo

ela não vai me arranhar

ela levanta minha pata para o lado dela e eu não a agarro e ela me solta e eu largo minha pata e a penduro no sofá da maneira menos assustadora que posso

viu nem se move

e eu não me movo

as mãos de islórer ficam roxas ele está segurando a vara com força

tento ronronar mas sai errado

eu estou me comportando tanto mas as coisas não melhoram

há quanto tempo você tem isso em casa jane

desde sempre pai porra

jane vem aqui

o que é

jane isso não está certo

pai guarda o taco não precisa dele ela não é perigosa

você fica dizendo ela ela

sim pai conheça écati ela é minha e eu sou dela

eu to vendo o pau dele porra

vai se foder

jane

fodase eu quero mais é que você se foda pai

a pequena islórer corre para frente e destranca a porta e islórer corre para impedir deixando a vara cair para o lado e a pequena islórer desaparece e outra pessoa a substitui na porta e diz *cara que porra está acontecendo com sua filha*

beth espera diz islórer

a nova mulher me vê e é claro que congela todos congelam ou correm essas são as duas coisas que todo mundo faz exceto a pequena islórer e eu a quero aqui mas ela não volta para onde ela foi

jack é o leão da montanha diz a nova mulher *o que* diz islórer *é o leão da montanha você não leu sobre isso ele mora no parque*

será que isso é fama

bem agora está aqui diz islórer e a mulher diz *jack temos um bebê* e faz a outra coisa que todos fazem ela corre islórer levanta a vara novamente mas dá um passo para trás em vez de para frente e estende a mão para segurar a maçaneta e começa a fechar a porta lentamente

ouço um grito

jack grita a mulher do fim do corredor *cadê o bebê ele sumiu*

islórer corre atrás dela pelo corredor e leva seus gritos com ele

eu tenho um momento para pensar

depois de vasculhar minha cabeça não tenho nenhum pensamento então olho para o reflexo nas portas do armário

no cômodo dentro do vidro vejo uma máquina de sucção desconectada de lado

vejo uma luminária quebrada no chão

rasgos de garras no tapete

uma mala aberta e gavetas puxadas

o borrão verde das árvores atrás do sofá

um círculo de pedras e cartas e velas

me vejo

me vejo

é hora de partir

a pequena islórer volta correndo com uma mochila cheia
bate a porta e a tranca

ela corre até mim e me abraça forte

não se preocupe pede ela *o bebê está bem acabei de levar a cama dele para a lavanderia então temos uns quinze minutos até que eles o encontrem mas ele está bem ele está com sua chupeta e tudo mais*

eu não me preocupo com o bebê

a pequena islórer coloca mais uma pilha de roupas na mala e põe a mochila nos ombros

ela tilinta as chaves para mim como se fosse um jogo

não é um jogo

lá vamos nós diz ela e corre até a parede de vidro atrás do sofá e a empurra para o lado então dá um tapinha na própria perna e eu me aproximo

ela gesticula para eu seguir em frente e faço isso

não há nada entre mim e o exterior

meu corpo está
esticado sobre o
banco de trás
e a pequena
islórer está

dirigindo

eu tenho um pouco de espaço aqui atrás

não se levanta diz a pequena islórer *fica assim por enquanto tá*

eu sinto o carro acelerando e virando e virando

então paramos e eu quase rolo para fora do assento e volto a sentar

merda diz a pequena islórer e o carro se move muito lentamente parando e acelerando e não é nada parecido com a velocidade do meu sonho da diznei

o carro é uma bolha silenciosa e isso é ótimo depois dos gritos e da correria e da quebradeira na casa do islórer

está engarrafado écati diz ela *vai demorar um pouco para sairmos daqui e pegarmos a rodovia*

a pequena islórer tamborila os dedos no volante e o carro avança

posso ver seu reflexo e seus olhos furiosos e amedrontados mas sorrindo para mim

agora estamos aqui inalando fumaça cancerígena como todo mundo diz ela quando paramos novamente a pequena islórer tira as mãos do volante para pegar um saco e o rasgar então se vira em seu assento e derrama pedaços de carne seca na minha frente

eu como

boa menina diz a pequena islórer

é bom comer e receber elogios ao mesmo tempo

eu gostaria que você pudesse me responder diz a pequena islórer e olha para frente e o carro se move novamente e ela continua falando

porra diora do rush claro obstrua não é o que tá escrito no asfalto obstrua e depois não é assim que eu sempre leio quando tô dirigindo devagar

eu aceno com a cabeça mas não sei do que ela está falando então ela encontra meus olhos novamente no reflexo e me observa engolir e se aproxima e toca minha perna

diga algo diz ela *por favor écati não estou falando sozinha durante toda a viagem então apenas diga algo*

eu quero

abro a boca

ok que se foda diz a pequena islórer *vamos passar pela vizinhança* ela vira o volante e aceleramos para a direita por um momento estamos indo mais rápido mas depois paramos de novo e a pequena islórer bate a mão no volante e afunda a cabeça nele

ela se vira e acaricia minhas costas e posso sentir sua frustração em cada carícia

é muito importante que você não se levante agora écati há pessoas por toda parte aqui sinto muito mas você não pode levantar nem olhar para fora

eu a amo e sinto gratidão pelo tempo que passei com ela

não me importa se ela chamou por mim ou se a encontrei

a imagem que ela tem para o nosso futuro me anima

uma vida distante daqui

deixo ela me acariciar com mais força do que eu gostaria

e escuto com atenção quando ela pede *não se levante*

mas quando ela me solta e desvia o olhar eu faço o contrário

de dentro do carro eu vejo todas as pessoas

algumas andam outras sentam mas todas seguram celulares e tocam neles e nas mesas que ocupam a maior parte da calçada do outro lado da rua as pessoas bebem e comem e conversam e não falam

há muita coisa acontecendo mas tudo que vejo é uma pessoa sozinha em uma mesa no meio de todas as mesas e é uma pessoa que conheço

é um pescoço familiar

o homem do chicote

observo seu pescoço que me é familiar mas também observo suas mãos se movendo para cima e para baixo enquanto ele come e penso em quão facilmente essas mãos podem fazer fogo e quão facilmente esse fogo pode destruir tendas e uma vila e queimar uma floresta

cada pessoa sentada e andando tem mãos e eu vejo todas as suas mãos e sei o que podem fazer e o que fariam e a violência que espera por trás de cada movimento

aprendo algo novo

que posso abrir a porta de um carro

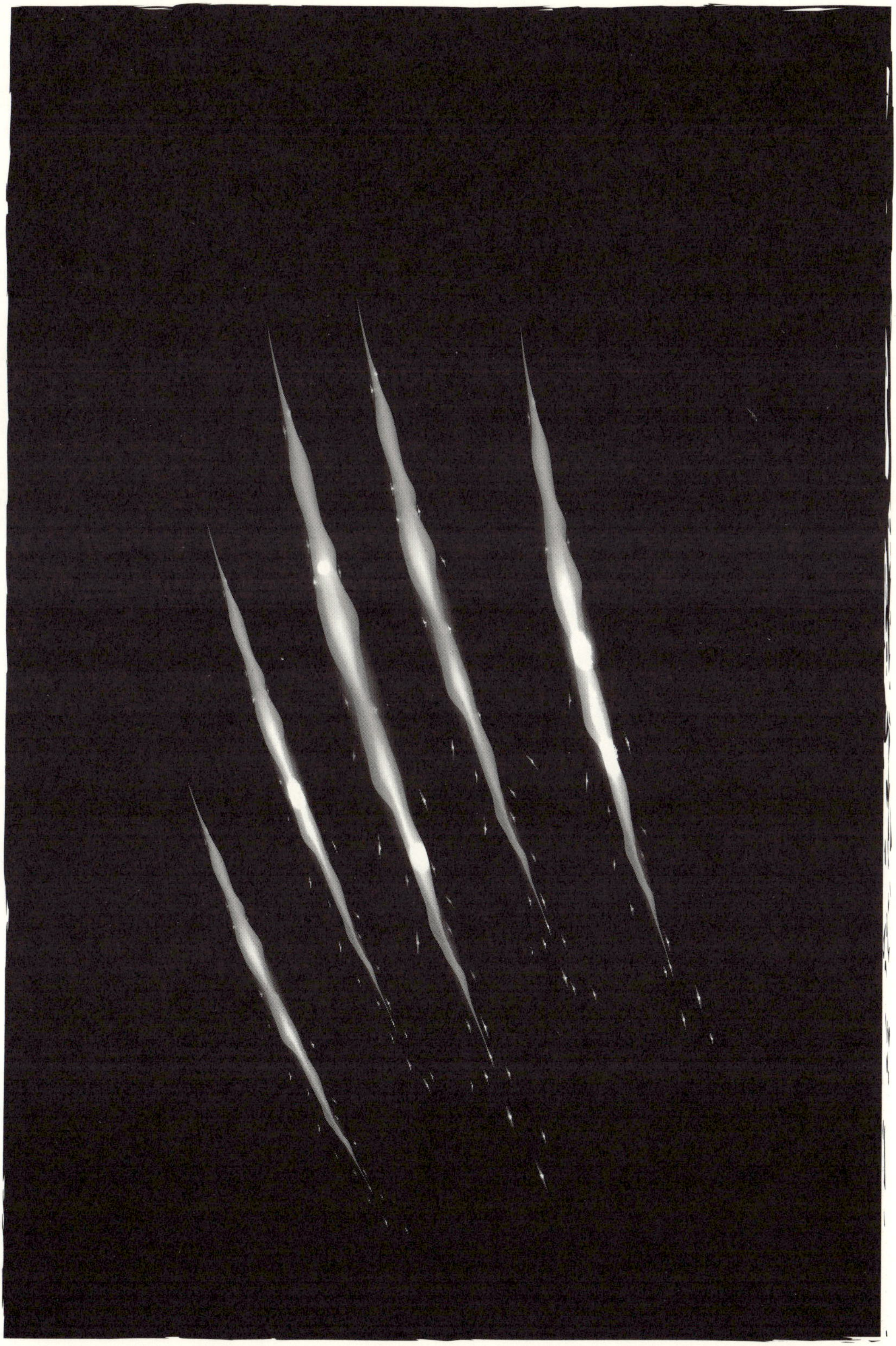

nas noites tranquilas
das cavernas
eu quase
podia imaginar
que todas as
pessoas haviam
partido

desfiladeiros limpos de seus passos e vozes e carros

as longas mortes paradas

árvores se expandindo e seu verde engolindo os prédios e devolvendo os cheiros originais

devolvendo o que é necessário

eu podia me ver saindo do parque e andando por uma élei vazia

de maneira lenta e segura com os outros animais

de volta à floresta profunda e à água eterna e ao pôr do sol

as pessoas não podem ver mas eu posso

o fim delas deixa tudo bem

não há a tal nessa cidade sem ninguém por perto para dizer seu nome saio do carro

e pulo para a rua

e é só uma rua

uma morte curta

e atravesso rápido

vendo os carros

parados

quando chego ao homem do chicote há menos gente porque largaram as malas e chutaram as cadeiras e fugiram

mas o homem do chicote não me vê até que eu esteja muito perto

então eu pulo e minhas garras acertam seu peito e eu o empurro para trás e ele cai da cadeira e seu rosto bate na calçada e seu nariz espirra sangue

ele rola e olha para cima e eu o prendo

onde está seu chicote agora eu penso onde está seu fogo

a veia do seu pescoço incha como se meu desejo tivesse se tornado realidade

posso sentir o cheiro do sangue dele na calçada e não estou com fome

não é porque preciso

é porque quero

é uma escolha terrível mas é a minha escolha

é o que as pessoas fazem

meus dentes rasgam seu pescoço através da veia e minhas mandíbulas apertam e torcem e fazem o que deveriam fazer e seu corpo quebra sob meu peso e ele para de se mover seu sangue enche meu estômago

parece uma chuva quente

eu olho para cima e minha cabeça clareia então lembro da pequena islórer

ela é a única pessoa do lado de fora e está parada no meio da rua perto das portas abertas do carro

seus olhos encontram os meus que

disparam fogos de artifício

ela vê o homem morto percebendo que é obra minha e seus punhos cerram e ela estremece como um terremoto

nos encontramos pela primeira vez

olá pequena islórer

é assim que uma deusa se parece

ela dá um passo para trás para bater a porta que eu abri e me dá uma última olhada

eu só atrasaria você pequena islórer

você tem tantos quilômetros pela frente

ela entra no banco da frente e fecha a porta

boa menina

eu olho para o homem do chicote que agora é o homem sem chicote e sem vida

eu olho para sua garganta aberta

as mãos dele não são mais mãos são apenas pedaços inúteis e brancos

a pequena islórer liga o carro

estou deixando ela ir

há sangue por todo o meu corpo

minha mãe ficaria tão orgulhosa

o carro da pequena islórer encontra uma abertura e ela sai em alta velocidade

um som de carro grande substitui o som de um carro pequeno no ar

muitos carros e seus uivos mecânicos se aproximando e

então eu ouço um som no céu que lembro da montanha é um maldito helicóptero

não é um helicóptero de resgate para me levar para algum lugar seguro é o tipo que circula de perto e cega você com suas luzes

ouço o zumbido e fica mais alto que os carros e eu sei que o som está vindo em minha direção e as pessoas dentro do som estão vindo me pegar

não há para onde ir

cansei de matagais e cavernas e quartos e não quero mais ficar do lado de fora

eu me afasto da minha presa

seu corpo grosso e vazio é pesado demais para esconder

só sinto muito por não ter comido todos vocês

os carros uivantes fazem uma bagunça na rua

luzes giram em todos os lugares

pessoas acolchoadas saem dos carros e me cercam e apontam objetos longos

não são paus

gritam tão alto umas com as outras que não consigo entender o que estão dizendo

eu não posso mais ouvir

o zumbido do maldito helicóptero está bem acima de nós e as pessoas acolchoadas olham para cima e depois olham para mim e o que vejo nos olhos deles é o que eles veem nos meus

uma ameaça

retraio minhas garras e tento me tornar um filhote no meu centro

talvez as pessoas acolchoadas saibam por que fiz o que fiz

talvez elas entendam

eu digo algo

soa como palavras

não é o que elas querem ouvir

....

A presente obra apresenta falta de pontuação devido ao estilo da narrativa e ao fato de o narrador-personagem ser um animal selvagem. Entendemos que um leão da montanha desconheceria regras gramaticais e sinais de escrita, como vírgulas e hífens. Assim, buscamos assegurar a verossimilhança, prezando pela oralidade no texto.

GLOSSÁRIO

bitiúdi - *Beachwood*

ce ene ene - *CNN*

diora - *de hora*

diznei - *Disney*

écati - *Hécate*

élei - *L.A.*

fodase - *foda-se*

guei - *gay*

islórer - *Slaughter*

leon - *leão*

mentalidade de nessa cidade - *mentalidade de necessidade*

nessa cidade - *necessidade*

quénion - *Canyon*

roliúdi - *Hollywood*